古典诗歌写作入门

邹金灿 著

创于1897 商務印書館 The Commercial Press

图书在版编目（CIP）数据

古典诗歌写作入门 / 邹金灿著. —北京：商务印书馆，2021（2025.1 重印）
ISBN 978-7-100-19278-1

Ⅰ.①古…　Ⅱ.①邹…　Ⅲ.①古典诗歌—诗歌创作—研究—中国　Ⅳ.①I207.22

中国版本图书馆 CIP 数据核字（2020）第 257268 号

古典诗歌写作入门

邹金灿　著

商　务　印　书　馆　出　版
（北京王府井大街 36 号　邮政编码 100710）
商　务　印　书　馆　发　行
北京通州皇家印刷厂印刷
ISBN 978-7-100-19278-1

2021 年 1 月第 1 版　　开本 880×1230　1/32
2025 年 1 月北京第 5 次印刷　　印张 $8^1/_8$

定价：39.00 元

目　录

格律篇

义法篇

实践篇

结语篇

前言：在就范中求得自由

可爱与可信的诗

中国古典诗歌又被称为“旧体诗”“旧诗”，后两个称呼兴起于二十世纪，一个“旧”字暗含了落后、过时的意味。事实上，古典诗歌直到今日依然充满了生机，所以对于“旧体诗”“旧诗”之类的称呼，本书能不用就不用。由于这是一本谈论古典诗歌写作的小书，为行文方便，如无特别注明，书中的“诗”特指古典诗歌。

在生活中，我常与一些朋友谈到中国的古代文化。有的朋友说：“古代中国的文化多不可取，桎梏人的内容居多。不过，诗词还是挺好的。”

对于这样的声音，我自然是难以认同的，通常是一笑置之。原因并不是我对古代文化有多热爱，而是这个简单的逻辑：诗词之所以可贵，源于创作它们的人可贵（作品因人而传，这个因果关系在中国传统文化中是成立的。古代中国基本上不允许出现这种情况：一个人的品格很差，其作品却能得到很大的尊重），那些诗人正是古代文化培育起来的，如果古代文化不可取，试问诗人创造出来的作品，又有什么寓目的必要呢？

另外，诗词是古代文化的一部分，将两者分离开来谈，本身就说不通。这就好比有人极其反感孔子，却欣赏司马迁、顾炎武，殊不知司马迁和顾炎武之所以令人欣赏，正是因为受了孔子精神的感召。

我无意为古代文化辩护。所谓“古代文化”，是一个极其宽泛的概念，无论对它进行褒扬还是贬抑，都很容易失之空洞。一些朋友写文章，喜欢说“纵观中国历史”，在这个时候，我一般会提醒对方：你真的“纵观”中国历史了吗？先不说二十四史了，像《史记》这种经典，你确定全文读过一遍了？如果没有，那就最好不要用“纵观”这样的词语，直接说你的意见就可以了。

对于古代许多士人，我是非常仰慕的，但对于自己喜欢生活在什么样的时代，并无执念。因为我知道，即使在汉武“盛世”，我可能被充军然后出击匈奴，又或是每天勤奋工作，然而大部分收入被朝廷拿去支持对外战争；即使生活在大唐，我可能“举眼风光长寂寞”，仕进无望，一心隐沦山林，却碰上动乱……

赞颂古代中国任何一个时代，本质上都是没有意义的，即使让你回到心仪的时代生活，你也未必能成为你想做的那个人。

我之所以不能认同许多抨击古代社会的观点，是因为不能认可那些对古代社会的俯视态度。即使今日在器物与制度两方面远胜过去，俯视态度也是毫无意义的——假如这种态度值得肯定，那么后人谈起我们的时候，也会是一脸鄙夷的样子，在这种循环下，人们存活的价值是什么？我所知道的一个事实是：在任何一个时代，都有很多勤勉的人在默默推动文明的进展。

在多元文化碰撞与交融的当今社会，不难发现一个有趣的情况：即使在人们对古代中国普遍抱持俯视态度的情况下，古典诗歌仍然能够被很多人认同并欣赏。

这大概是因为古典诗歌有这两种特点：可爱，可信。

王国维说："哲学上之说，大都可爱者不可信，可信者不可爱。"（《王国维遗书·静安文集续编·自序二》，上海古籍书店1983年版，第21页）但在文学领域，古典诗歌却是罕有集"可爱"与"可信"为一体的体裁。

可爱，是因为诗的本质是用来抒发情性的。我们可以大方地在诗里表现本真：当表述喜乐时，不用担心被批评为得意忘形；当表达悲伤或恐惧时，不用担心被人耻笑为懦弱。也正因为这样，会写诗的人不会消失在宏大叙事当中，因为作者在诗中保存了纯粹的自己，后人能够通过他们的诗篇感知其人的温度。

可信，是因为诗体现了一种最深层次的真实：情绪真实。即使是作伪的诗，也体现了作者某种真实的情绪。诗的可爱特性，已经决定了诗是可信的，因为我们的情性，千百年来都存在着，它或许和前人并不完全一样，但一定有相通之处。我们可以投入精力，追随古人的脚步，像古人那样去写诗。这一点很重要。要知道，他人津津乐道的不少事情，是并不值得我们为之消耗生命的，例如门户之争，价值往往不大。但是写诗这件事，则值得我们投入精力去做。

人活在这个世上，时间本来就不长，更时刻受到现实世界的牵制，能够把握的东西并不多。不过，在众多的不确定性当中，有一样东西是可以把握住的，那就是内心的自由。古典诗歌就深藏着这种自由，人的情性驰骋在诗里，不受时空的羁绊。

任何一种自由，都需要付出努力才能获取。学习写诗，就是获取内心自由的最佳做法之一。

学诗的三个层级

第一个层级是理解作品，背诵作品。这是基座，所有类型的学诗行为，都必须要先理解作品。即使遇到难解的作品，我们也要去熟悉别人对它的解读。例如李商隐的《锦瑟》，自从诞生以来，几乎无人可以给出确解，但我们也得去了解前人对它曾经有过哪些说法。此外，在“中国人”这个身份认同里，一个重要元素就是那些优美的诗篇。一位出国留学的朋友曾跟我说：她原本对诗词并不感冒，但在异国他乡的时候，脑海中经常蹦出以前学过的诗句来，于是就找了一些诗词集子来，越读越觉得有味。所以对于诗，还不能只是读，还要背诵，因为它是我们的文化基因。

第二个层级是用诗。即在自己的日常表达当中，嵌入诗的元素。写文章、发表演讲、日常谈话，都可以是古典诗歌的应用场景。更进一步的用诗，是诗与人融为一体，即把古人诗里的精神与自己的人生接通。有人通过读诗，濡染了李白的激越、杜甫的沉着、苏轼的胆略。当志得意满的时候，知道“旧时王谢堂前燕，飞入寻常百姓家”；当失意困顿的时候，想起“山重水复疑无路，柳暗花明又一村”；当亲历世事沧桑的时候，能从“人事有代谢，往来成古今”一语中得到慰藉。这些都是读诗有得的体现。

第三个层级是写诗，这是最深度的学诗方法。即运用古人写诗的方法，来表现自己的人生。写诗时所需的词汇、规则等要素，都是古已有之的，但里面蕴含的情感或意志，则是作者自家的。

上述三种学诗层级当中，在第一层级的人最多，其后依次递减。在本质上，三种层级并无优劣之分，后两层是建立在第一层基础上的。另外，三者也无关“专业”还是“业余”。不少职业与诗有关的人，一生都只是在第一个层级上用力，古人作品里的精神几乎对他们没有影响，他们亦不会动笔写诗。

写诗这件事，对于古代士人来说是标配，他们基本上在少年时期就学会了写诗。今天写诗的人是否少了？不见得。只不过当代确实存在这样一个情况：在很长一段时间里，写诗被认为是退休老人的“专利”。这其实是一个天大的误解，诗是越早学就越容易写好的，如今能够写诗的青年也越来越多，足见这并不是一项远离年轻人的技能。

想要成为真正的诗人，即使在古代也是不容易的，不必强己所难；但想要成为一个会写诗的人则并不难，因为作诗没有什么不传之秘。

在我的经历里，已经得到验证的一个认知是：越是在人生风雨如晦的时候，写诗这一古老的表达方式，越会焕发出强大的生命力。

在就范中求得自由

学者朱光潜先生写有《朝抵抗力最大的路径走》一文，里面分享了他的一件往事：初学写诗填词的时候，朱先生的自我感觉还不错，把作品拿给一位精通诗词的朋友看，那位朋友看了之后，批评他说，这些作品要不得，因为朱先生没有下过力，喜欢取巧、逞小聪明。

对于这样的批评，朱先生起初是并不服气的。后来，在对前人的作品花费了一些心思之后，他才觉得自己的作品确实不算好，朋友说中了他的痛处。

朱先生感慨说："我觉得不但在文艺方面，就是在立身处世的任何方面，贪懒取巧都不会有大成就，要有大成就，必定朝抵抗力最大的路径走。"

这个故事触及了文艺学习领域的一个重大议题：临帖。学写古典诗歌，跟学毛笔字有一个相似之处，那就是需要一个"临帖"的过程。

写毛笔字的临帖容易理解，写诗应该怎样临帖呢？一点也不神秘。譬如李白的诗："人分千里外，兴在一杯中。"这两句是不是跟初唐诗人庾抱的"悲生万里外，恨起一杯中"有几分相似之处？此外，高适的诗句"功名万里外，心事一杯中"，也是在向庾抱致敬。

李白和高适的这些诗句不算很高明，原因在于袭用前人的痕迹太明显。不过，这种向前人取法的行为就是典型的"临帖”，是学诗之路上必不可少的做法。

在实际生活中，从来不存在不临帖而成为书法家的例子。同理，在古典诗歌领域，当汉魏古诗出现了之后，不学习前人而能成名的诗家，几乎一个都没有。这是因为一个人要把文字连缀成诗文，必须先懂得文字的意义，掌握组织词句的文理，这就需要有一个读书思考、模仿前人的过程。我们看到，天才如李白、李商隐、苏轼，都是非常善于模仿前人的，他们在汲取多家的营养之后，形成了自己独特的风格。

朱光潜先生“朝抵抗力最大的路径走”一语，实可醒世。人情莫不贪生怕死、好逸恶劳，“学习”这件事，某种意义上是与人情作对，就和体育锻炼一样，需要反复征服惰性或路径依赖，在这个用力的过程中，是不可能完全舒服的（学成之后的舒适感不在此论）。

古人学诗之弊，是太懂临帖，以致有了路径依赖，落入各种窠臼，情况严重者，提笔就向古人集子做贼。今人学诗之病，是轻视临帖，不肯低首下心去学习前人，甚至主张抛弃格律，这些人着实搞错了“敌友关系”：无论是前人的作品，还是通行已久的写作规则，这些东西看上去像是枷锁，实际上是作者的朋友；与生俱来的惰性，才是作者最大的敌人。

有人问：“如果一直都是按照前人的规范去写诗，那么古典诗歌岂不是没有出路了吗？”其实，我们与其担忧古典诗歌的前景，不如多担忧自己的前景——假如我们愿意内向自省的话。这么说是因为，唐诗兴盛，并未毁弃从汉魏古诗传下来的写作规则；宋诗另辟蹊径，亦沿用了汉魏古诗和唐诗的写作方法；清人在唐宋诗的笼罩之下，也写出了许多好作品。然而轮到我们写诗的时候，却责怪古典诗歌的规则害人，这不是荒谬的事情吗？

行走世间，我们需要经常做这种甄别：有些规则是束缚人的，有些规则却是帮助人的。当我们尝试越过或打破规则的时候，首先要警惕是否惰性在作祟。因为世间的一个常见现象是，许多人，包括那些数百年一遇的天才，在就范中求得自由。

一个写诗之人的生命痕迹

我的学诗之路很简单：刚开始的时候是诵读与理解，继而是逐渐学写，然后是教人写。一路走来，自己有很多困惑，也帮人解答了一些困惑，未必都解决了那些疑问，但我确知自己一直走在学习与思考的路上。本书就是我在学诗之路上的一个“副产品”，它的主体内容由以下几部分构成：

格律篇。详述近体诗和古体诗的格律，包括各种常见的变格，每一种格式都有精心挑选的诗例作为支撑——如果朋友们在学格律的同时，也把那些相关的诗作背下来，那就更好了。格律是学诗者绕不过的内容，也让很多人头疼。目前市面上谈论诗律的书不少，声名最显著的莫过于王力先生的《诗词格律》，此书对普及诗律功不可没，然亦不无可议之处，例如王力先生认为孟浩然诗《与诸子登岘山》只有第三联是对仗的，我则认为此诗首联亦对仗（具体辨析见本书“对仗”章节）；此外，王力先生对诗律的整体讲述，不少学诗的朋友反映说比较费解。种种情况叠加起来，让我觉得有必要另撰一本诗律讲义，这就是此书的前身。

另外，市面上关于诗律的书，一般是从五言诗谈到七言诗，我则是从七律谈起，因为我学格律就是从七律开始的，然后再掌握其他体裁的格律，效果可以用“势如破竹”四个字来形容。向我学诗的朋友，也都循着这个路径去学格律，掌握起来都畅通无碍。

我认为格律讲到本书所涉及的程度就可以了，若是再往深细的方向讲，则无益于写作。

义法篇。讲述学诗应该具备的一些认知、写诗的门径、常见的诗病、好诗的特征。这部分内容的主观性较强，或许不无偏见，但独特的价值可能也在偏见中体现出来，因为我所说的意见，都是在我的写作中证实行得通的东西。

对于读者朋友来说，不必非要按照我所开示的路径去走不可。原因很简单：每人都有不同的特点，各自的人生道路自然是需要自己去完成的，焉能要求人人都走一样的轨辙？例如前人开示学诗次序，一般是先近体诗而后古风，但李贺就不怎么写近体诗；又比如，李白不是一个很好的模仿对象，但是清代诗人黄仲则取法李白，垂名至今。

义法的作用，是让人知道“有这么一条路可以走”。如果一种义法告诉人们“只能走这条路”，那未必是好的义法。

实践篇。这是本书的一大特色。今人谈论古典诗歌作法，多以古人经典作品为例，以今人作品为例的讲述相对较少。其实，后者对于创作的参考价值并不逊于前者。近十年来，跟我学写诗的朋友涵括了这四个层次：高中生、本科生、硕士生、博士生。我在跟他们的教学互动中，精选了一些有代表性的案例，讲述了这几方面的内容：绝句的写作、对仗的练习、如何模仿前人诗句、怎样修改诗作、如何评诗等。贯穿其中的，是我的审美趣味，这是极其个人化的内容，当然仅供参考，但愿能为读者带来有益的启示。

无论是诗友的作品，还是我的评改内容，都并非无可挑剔。总体来说，我亦卑之无甚高论。之所以把这些成品过程公诸同好，是因为我相信，诗是有缺憾的艺术，在诗歌写作的教学上，理论说得再圆满，都不如直接用作品说话来得有力。

结语篇。本书正文的收结部分，不无“免责声明”的意味。之所以放上这部分内容，是因为我内心清楚，从根本上说，诗是不能传授的。另外，义法说多了难免会成为定法。诗有定法，是诗的灾难。深远的诗意，不会在勇于自信的语气中产生。

附录。第一部分是古诗文中容易读错的字，是我根据自己的读写经验一个个整理出来的，这是学诗者必须要了解的内容。

第二部分是我本人的诗，这也是必须要有的内容，读者判断这本书值不值得读，我认为最根本的凭证就在这里。

简言之，如果这本小书还能一看，是因为它忠实记录了一个写诗之人的生命痕迹。至于个中得失几何，尚待读者诸君明鉴。

格 律 篇

古典诗歌的特征

古典诗歌分为古体诗和近体诗两个大类，它们有着如下特征：

押韵且不能平仄通押

这是古典诗歌最基本的一个要求。押韵的文体，不一定是诗，它可以是赋、词、曲等。但是不押韵的文体，一定不是诗。

由于语言的变迁，古人有一些诗现在读起来好像不押韵了，实际上在古代的读音里面是押韵的。我们不能认为古人那些好诗现在读来不押韵，就认定今日写诗也不必押韵。

古体诗与近体诗是古典诗歌里面非常不同的两种体裁，但它们都有一个共同的规则，那就是在用韵的时候：绝对不能平仄通押。

平仄通押是词、曲才能出现的情况，在诗中是不允许的。此外，古人写赋（赋是韵文，需要押韵），也极少出现平仄通押的情况。关于什么是平仄通押，详见本书关于古体诗用韵章节的论述。

文言系统

古典诗歌属于文言系统，现代诗属于白话系统。

每一种文体都有其特性。如果用文言去写现代诗，并不是一个上好的选择，迄今被人们广为传颂的现代诗，基本上都是属于白话系统的。

同理，如果用白话去写古典诗歌，也不是一条行得通的路：

百事输人我老牛。惟余转磨稍风流。
春雷隐隐全中国，玉雪霏霏一小楼。
把坏心思磨粉碎，到新天地作环游。
连朝齐步三千里，不在雷池更外头。
——聂绀弩《推磨》（按：押韵的地方用句号，以下同）

这首诗无论是平仄排布还是用韵，都符合七律的规则，但它不是诗，因为里面的语句是用白话写成的（第三联尤其如此），充其量只能算是打油诗。

这种作品具有实验的味道，只能视为诗人的艺术尝试，但由于作品不典雅，去古人为远，难以成为后学通衢。初学写诗的朋友，慎勿沾上这种写作趣味。

字句整齐

我们知道，词又被称为“诗余”或“长短句”，这意味着诗的定义里，隐含了“字句整齐”的意思。

《诗经》以四言为主，汉魏古诗以五言为主，唐代的时候，七言诗得到了长足的发展。唐代之后，五言诗与七言诗成了古典诗歌最主流的形式。总体来说，中国历朝的诗歌，都具有一个相同的外形特征，那就是字句整齐。

当然了，这里说的整齐也不是绝对的。在古人的单篇作品里，也有不少句子长短不一的现象，例如《登幽州台歌》《将进酒》《行路难》等名篇都是如此，但这种情况只能出现在古体诗里，而且也不是主流。至于单篇的近体诗，则绝对不容许出现长短不一的句子。

近体诗的格律

格律绪论

近体诗又称今体诗，是在唐代成熟的一种文学体裁，也是与古体诗相对的一个概念。

近体诗里面又分为两个大类：

律诗：五言律诗（包括五言排律）、七言律诗（包括七言排律）。

绝句：五言律绝、七言律绝。

近体诗的特点有：

只能是五言或七言；

句数有严格限制；

平仄要求严格；

只能押平声韵；

韵依《平水韵》且一韵到底，中途不能换韵（唐代虽无《平水韵》，但《平水韵》正从唐代近体诗总结而来）；

韵脚不能重复用字；

律诗必须要有对仗。

要懂中国传统文化，必须要懂古典诗歌。要懂古典诗歌，就需要掌握古代各体诗的规则。格律，就是古典诗歌最基础的规则。

关于“格律”一词，《汉语大词典》里有几个解释，其中一个义项是：“诗、词、曲、赋等关于字数、句数、对仗、平仄、押韵等方面的格式和规律。”这个解释的落脚点，主要是在“律”字上面。

《说文解字》释“律”字：“均布也。”段玉裁《说文解字注》说：“律者所以范天下之不一而归于一，故曰均布也。”

所以，对《汉语大词典》关于“格律”的解释，我们也可以这样理解：写某种文学体裁时应当遵守的一些规范——诗的字数、平仄、押韵、对仗等要素，是可以形成规范的。

不过，如果严格说起来，“格律”一词还应该包括“格调、气韵”，即写作风格。风格可以通过模仿而习得，但不易形成规范，因此也就没有定式。

白居易的诗说：“每被老元偷格律，苦教短李伏歌行。”用戏谑与自负的语气，说自己的诗对朋友元稹、李绅有深刻的影响。此处的“格律”，当然不仅指白居易诗在字数、平仄、押韵等方面的特征，更包含了他的写作风格。

不过，今人在“格律”一词的使用上，往往偏指诗律方面的内容，而与写作风格无涉，这几乎成了一种新的约定俗成。为方便论述，本书所谈的古典诗歌格律，也着重于“律”字，即字数、押韵、平仄、对仗等方面的规范。

听到“格律”二字，很多人都露出畏难之色。其实，它很简单。

弄清楚诗的格律，最好的方法是了解近体诗的格律。了解近体诗的格律，可以从七律入手。掌握了七律的格律之后，五律、七绝、五绝乃至于古体诗的格律，就都迎刃而解了。

要想了解诗词格律，首先需要了解平仄。

什么是平仄

方今之世，若习中国传统文化，请从平仄开始。

平仄太重要了，它相当于传统学问里的原子理论。清楚地分辨出我们所接触到的每一个常用字的平仄，是学诗的第一关。

那么，什么是平仄呢？打个比喻，关于人的分类有很多种，五花八门，这个世界上，有中国人、美国人、英国人；有黄种人、白种人、黑种人。即使在中国人这个群体里，也还可以分成广东人、北京人、上海人，等等。

然而对人的一切分类，都不如这个分类更加接近人的生理本质：男人、女人。

字也一样，根据发音的特征，它可以分成两类：平声字、仄声字。

人除了男女两种，还有男女同性的。同理，除了平声字和仄声字之外，还有平仄两读的字，这些字的数量不算多，我们可凭记忆记下来。

按照读音的特征，古人又把字细分为四种：平声字、上声字（此处“上”字读为shǎng）、去声字、入声字。平声字之外的上、去、入三声，都属于仄声字。

需要注意的是，古人的“平上去入”四声，跟今天普通话的四个声调不是等同的，要区别对待。

古人的四声，有着如下特征：

平声平道莫低昂，上声高呼猛烈强。
去声分明哀远道，入声短促急收藏。

那么，普通话里的四个声调（为方便论说，本书把普通话里的阴平、阳平、上声、去声，分别标为第一、第二、第三、第四声），跟“平上去入”四声，有哪些联系呢？

一般而言，普通话里第三、第四声的字，绝大部分都是仄声字，但也有例外，例如“场”字，普通话是第三声，实际上它是平声，要念cháng。又如“纵”字，在普通话里是第四声，但如果用在“纵横”这个词语里面，它是平声，念zōng。又如“俱”字，在普通话里的读音是第四声，但实际上它是一个平声字，要念jū。这些特殊的例子，数量其实不算多，本书附录有一个归类整理，要记住它们并不难。

大致来说，平仄和今音的对应情况是这样的：

普通话第一声——大部分是古音（《平水韵》系统，下同）的平声（例如“依”字），部分是入声（例如“一”字），极个别是上声（例如“颗”“拥”）。

普通话第二声——大部分是古音的平声（例如“河”字），部分是入声（例如“合”字），极个别是去声（例如“鼻”字）。

普通话第三声——大部分是古音的上声（例如“锁”字），小部分是入声（例如“索”字）。

普通话第四声——大部分是古音的去声（例如“暮”字），小部分是入声（例如“木”字），极个别是平声（例如“俱”字），极个别是上声（例如“市”字）。

对于学诗的人来说，第一要务是分辨汉字的平仄。

普通话里的第三、第四声，基本上都属于仄声，这部分最好认。

对于普通话里的第一和第二声，我们则要小心留意了，因为里面不仅有平声字，更有不少入声字。例如“西”字是平声，但普通话里同为xī读音的“昔”字，则是入声；“机”是平声，但同为jī读音的“激”字，则是入声。

今天的普通话里已经没有了入声字，古音中的入声字，潜藏于普通话四个声调的字里。以下四个字，全部都是入声字：

吃，普通话第一声 chī；

得，普通话第二声 dé；

骨，普通话第三声 gǔ；

药，普通话第四声 yào。

所以，对于每一个喜爱古典诗歌的人来说，学会分辨入声字，尤其是认识普通话里第一、第二声里的入声字，是正确辨别平仄的一门必修课。

如何分辨平仄

应该怎样分辨入声字呢？并不难。

普通话以及大部分北方方言没有入声，但是在一些南方方言里（例如粤方言、闽方言、客家方言、吴方言、湘方言等），依然保留了大量的入声。如果我们掌握了这些方言，可以用方言去读汉字，通过发音的特点来辨认平仄。

倘若我们将发音与行驶汽车相比拟，那么古音四声的发音特点是这样的：

平声：像在平滑的地面上匀速前进，即使停车了也能继续滑行一段时间。

上声：像是在爬坡，有一种往上扬的势头。

去声：像是在快速下坡，有一种急速下坠的感觉。

入声：像是进行急刹车，戛然而止的同时带来一种爆破感。

与其他三声相比，入声发音最特殊，其发音特点是“短促急收藏”，在南方方言里一些读起来是短促、不能拉长的字，就是入声字。

有朋友就问了：在日常说话的时候，发音的长短都是相对而言的，如果我们想要拉长发音，那么即使是入声字的发音也能拉长，在那种时候，入声字和其他字的发音，又有什么区别呢？

不同之处在于，我们在读入声字的时候，即使故意把发音拉得很长，但最后一定要有一个休止符，体现出“急收藏”的感觉，否则就不符合这个字的规范读音。像“激、竹、属、吉”等字，就是入声字，懂南方方言的朋友，可以尝试用自己的方言读来感受一下。

入声字是汉语之骨，写古诗文的时候，运用好入声字是一件非常重要的事。在南方方言里，粤方言保留了几乎全套的入声字，是分辨平仄、吟诵古诗文的一大神器。懂粤方言的朋友，可以尝试诵读这首诗：

山石荦确行径微。黄昏到寺蝙蝠飞。
升堂坐阶新雨足，芭蕉叶大支子肥。
僧言古壁佛画好，以火来照所见稀。
铺床拂席置羹饭，疏粝亦足饱我饥。
夜深静卧百虫绝，清月出岭光入扉。
天明独去无道路，出入高下穷烟霏。
山红涧碧纷烂漫，时见松枥皆十围。
当流赤足踏涧石，水声激激风吹衣。
人生如此自可乐，岂必局束为人鞿。

嗟哉吾党二三子，安得至老不更归。

——韩愈《山石》

这是韩愈的代表作，也是中国诗歌史上的杰作，全诗140个字，其中有36个入声字，占比达四分之一。用粤方言读《山石》这首诗，可谓掷地有金石声。这种美学上的效果，是诗人辛苦经营得来的，目的在于营造出一种崎岖艰难之美，令人一读难忘。

不过，毕竟很多人不懂南方方言，那么应该怎么去分辨平仄呢?

在网上有许多帮助人们记住入声字的方法，但那些五花八门的法子，都不可能让我们一劳永逸地解决问题，反而加重我们的负担。

其实，我们要学会分辨平仄，除了勤查书，并没有什么特别的解决方法。

应该怎么查呢? 首先，我们在网上搜索一份整理全面的《平水韵》，这是宋代以来诗人写近体诗时遵行的权威韵书，通用至今，也是一份供人快捷分辨平仄的上佳资料，网上随处可见。

我们在网络上搜索打开《平水韵》，找到页面检索功能，输入我们想要查询的字，按确认键，就能发现这个字的平仄——在上平或下平字里面的，就是平声字；在上声、去声、入声字里面的，就是仄声字。

譬如，我们查找“看”字的平仄，显示这个字在两个韵部：上平十四寒、去声十五翰。在上平十四寒那里，韵书会标注“翰韵同”；在去声十五翰那里，韵书会标注“寒韵同”，这意味着，无论是“看”字的哪个用法，它都是可平可仄的。

再如，查找“教”字，显示该字在两个韵部：下平三肴、去声十九效。在下平三肴里面，韵书会标注“使也”，意思是说，当该字作使令动词用的时候，它是平声；在去声十九效那里，韵书会标注“教训”，意思是说，当这个字作教训意思的时候，是去声。

与此同时，我们也不要忘了，网络上整理的东西容易有疏漏。如何消除这个隐患？在这个时候，我们可以根据网上查询的结果，与一些权威的纸质书对照着看，推荐《诗韵合璧》（上海书店出版社影印本），此书最大的好处是便携，内容方面除了帮人确认平仄、韵部，还提供了许多词语搭配，颇便初学。

至于会说南方方言的朋友，也没有什么值得自鸣得意的地方，因为在今天，许多会说南方方言的人，其实对平仄是没有概念的。因此，无论是北方人还是南方人，都必须长期坚持这一种方法：遇字勤查。

最好的查找路径是这样的：在读古人诗作（尤其是近体诗）的时候，对照着格律去读，校验古人的作品是否合律。一般来说，古人写诗是不会轻易出律的，如果我们怀疑古人在某些地方出律了，应当马上去核查我们对该字平仄的辨别是否有误。如果古人确实出律了，那么不妨把这些作品记下来，方便以后进行总结。如此长期积力，自然就会掌握常见字的平仄了。

当然了，如果我们勤写诗词，那么掌握平仄这种事，就简单得如同灶上骚除了。

为什么从七律入手学习格律

古典诗歌的发展，是一个从简单到繁复的历程：先是有了四言诗，后来才有五言、七言。在五言兴盛之后，四言日渐式微。至于六言诗和九言诗，虽有人尝试过，但都没有成为主流。

时至今日，依然还有许多人写古典诗歌，最主流的格式仍是五言和七言，这其实符合汉语的韵律表达：四言太短，句式变化空间小；六言这种结构不方便变换句式；至于八言、九言则太长了，不便涵泳。

一般来说，讲古典诗歌格律者多从五言讲起，本书为何从七律讲起呢？

这是因为，七言是与近体诗最相衬的格式。在近体诗中，七言的分量要比五言来得重。我们只要留意一下李杜之后的重要诗家如白居易、李商隐、王安石、苏轼、黄庭坚、陆游、杨万里等，细看他们集子里面各体诗的比例，就可以发现一个普遍的现象：这些诗人创作的近体诗中，七言要比五言多，对比最悬殊的是七绝与五绝，前者数量远超后者。

至于五言，则是一种相对来说比较适合古体诗的格式。钱基博先生谈论杜甫的诗时说："诗家重古体而轻近体，诗格重五言而卑七言。杜甫间以七言近体供戏笔，至于五言古则如礼法之士，冠佩端绅，动作不苟，无竭言急词，无弛筋懈骨。"（《中国文学史》，上海古籍出版社2011年版，第299页）

钱基博先生所说"重古体而轻近体、重五言而卑七言"的现象，出现在初盛唐这个时期，那正是近体诗发展成熟的阶段。李杜之后，近体诗蔚然大宗，基本上具备了与古体诗分庭抗礼的分量。

近体诗成熟之后，古典诗歌就不再产生新的体裁，这并不是古人不喜欢创新，而是因为各体诗已经满足了我们的写作需求，里面有着广阔的空间供人驰骋，就怕你才华不够。

七言与律诗格式结合而成的七律，是展现汉语之美的最佳形式。所以我们可以看见，七律成为历代诗家钟爱的体裁，这个体裁的佳作极多。另外，近体诗中那些质量上乘的变体（例如拗律），大部分是在七律的基础上写成的。

所以，学习古典诗歌的格律，从七律入手，再到五律，之后到绝句，最后讲古体诗的格律，是最便捷的门径。

七律的组合规则

现在，我们来学习七律的格律。

七律的句子，只有四种最基本的格式，分为两组：

平平仄仄平平仄，仄仄平平仄仄平。

仄仄平平平仄仄，平平仄仄仄平平。

看到这一堆的平平仄仄，很多人头晕了。其实，只要我们放眼细看，这些内容都很简单易记。

请熟记这四个最基本的句式。

仔细观察一下就不难发现，每一组的两句，在同一个位置上的平仄是相反的——律诗一共有四联八句，在每一联里，上联叫出句，下联叫对句，这两句要平仄相反。“无边落木萧萧下，不尽长江滚滚来”一联里，“无边落木萧萧下”是出句，“不尽长江滚滚来”是对句，这两句的平仄是完全相反的。

律诗句式是以“平平”“仄仄”为基本单位的，然而因为每个句子的字数是奇数，不可能“平平”或“仄仄”到底。这时候就要有变化，这种变化就是对“平平”或“仄仄”进行损益。于是，就有了单平单仄、三平三仄这些单位，也就产生了这四种基本的句式。律诗的八句，就是用这四个基本句式组合而成的。

在组合句式之前，请牢记这些规则：

律诗的偶数句（第二、四、六、八句）的最后一个字，必须是平声、必须押韵、必须严格遵循《平水韵》。

现在，我们来组合律诗的八个句子，可以从上面四句基本的格式中，任取一个句式作为开头。

第一种格式：平起仄收

假如选了“平平仄仄平平仄”这一句式作为开头，剩下的七句该如何组合？有着怎样的组合规则？规则非常简单，只有两个，那就是“对”和“粘”：

对：每一联的里面，两个句子的对应位置上，要平仄相反。前面已经说过了，例如“平平仄仄平平仄，仄仄平平仄仄平”，两句的每一个相同位置，平仄是相反的。

粘：联与联之间，要“粘”。所谓“粘”，那就是：每联对句的第二个字，要和下联出句的第二个字平仄相同。

这些规则用文字表述起来好像很繁复，但其实很简单。

例如，第一句选定的格式是“平平仄仄平平仄”，根据“对”的规则，第二句平仄要和此句相反，又必须是平声作结，自然只能是“仄仄平平仄仄平”。

那么第三句呢？根据“粘”的规则，第三句的第二字，其平仄要和第二句的第二字相同，所以，在这里它必须是仄声。那么，初步确定（×代表未知）：

平平仄仄平平仄，仄仄平平仄仄平。
×仄×××××，

同时记住，律诗的奇数句（第一句除外），是绝对不能押韵的——所有的律诗，偶数句必须押韵，且必须是平声。至于律诗的第一句，则可押可不押——如果我们看到一首七律的第一句最后一个字是平声，那它就是首句入韵了。

所以，能押韵的句子，只能出现在第一句和偶数句。根据“对”的规则，联内两句要平仄相反，所以第三、五、七句的最后一个字，必然是仄声。

于是，就不难推出：

平平仄仄平平仄，仄仄平平仄仄平。
×仄××××仄，××××××平。
××××××仄，××××××平。
××××××仄，××××××平。

第三句是“×仄××××仄”，就可以推出来了：这时候，我们可以从那四句基本格式里面去找，发现第二个字和最后一个字是仄声的，只能是“仄仄平平平仄仄”这一句式，有且仅有这么一个选择。

第三句出来了，根据“对”的规则，第四句还不容易知道吗？所以，前四句的格律是：

平平仄仄平平仄，仄仄平平仄仄平。
仄仄平平平仄仄，平平仄仄仄平平。

根据“粘”和“对”的规则，如此类推，一首七律的格律就出来了：

平平仄仄平平仄，仄仄平平仄仄平。
仄仄平平平仄仄，平平仄仄仄平平。
平平仄仄平平仄，仄仄平平仄仄平。
仄仄平平平仄仄，平平仄仄仄平平。

这一个格式，就叫作“平起仄收”式。所谓“平起”，就是指第一句的第二个字是平声；所谓“仄收”，是指第一句的最后一个字是仄声。由于律诗一定要押平声韵，所以“仄收”的意思，就是首句不入韵了。

看句式是平起还是仄起，为什么要看第一句的第二个字，而不是第一个字呢？因为七律的每一句的第一个字，都是可平可仄的，但是第二个字就不能通融了（关于这一点，下面将会讲到）。至于看句式是平收还是仄收，同样也看第一句的最后一个字，因为律诗第二句的最后一个字一定是平声。

顺便说一说，为什么要有“粘”的规则呢？这是因为要避免相邻两联的平仄格式重复。

试想想，第一联的格律用了：平平仄仄平平仄，仄仄平平仄仄平。如果没有“粘”的规则，亦即第三句第二个字，跟第二句的第二个字，平仄不相同（这种情况，有一个专门的术语，叫作“失粘”），那么第三句就是“平平仄仄平平仄”，根据“对”的规则，第四句的格律是“仄仄平平仄仄平”。如此一来，前两联的格律是：

平平仄仄平平仄，仄仄平平仄仄平。
平平仄仄平平仄，仄仄平平仄仄平。

不难发现，第二联的格律就跟第一联相同了，那样的话就太单调了，这是要避免的。

第二种格式：平起平收

上面举的例子，是“平平仄仄平平仄”做第一句的例子。

那么，如果第一句选的句式是“平平仄仄仄平平”呢？

在“平平仄仄仄平平”这个句式里，最后一个字是平声，就意味着首句入韵。顺便说一句题外话，首句入韵是七言诗的正格，五言诗的正格是首句不入韵。

那么这时候，第二句我们怎么选呢？

还是牢牢地记住：律诗的偶数句必须押韵，这是铁一样的规定。所以，第二句最后一个字，必定是平声。

平平仄仄仄平平。××××××平。

我们发现，第二句跟第一句一样，最后一个字都是平声。所以，这两句已经不可能做到每个对应位置都平仄相反了。这时候应该怎么办？

回到那四个基本句式中，我们有“平平仄仄仄平平”和“仄仄平平仄仄平”这两个选择，但由于“平平仄仄仄平平”与首句一样，律诗不能单调重复，所以只能选“仄仄平平仄仄平”这一句。仔细看看就不难发现，“平平仄仄仄平平，仄仄平平仄仄平”这两句，在第二、四、六字的位置上，还是做到平仄相反的。

第一联出来了：

平平仄仄仄平平。仄仄平平仄仄平。

根据“粘”和“对”的规则，第二联乃至全诗的格律，也就不难推出了：

平平仄仄仄平平。仄仄平平仄仄平。
仄仄平平平仄仄，平平仄仄仄平平。

平平仄仄平平仄，仄仄平平仄仄平。
仄仄平平平仄仄，平平仄仄仄平平。

这一个格式，叫作“平起平收”式：第一句的第二个字是平声，最后一个字也是平声，这个平声字要与其他韵脚的字在同一个韵部。

两种七律的格式已经出来了，剩下的也就只有两种了——因为基本的句式是四个，我们任意拿一个句式做开头，就是七律的四种格式。

第三种格式：仄起仄收

仄仄平平平仄仄，平平仄仄仄平平。
平平仄仄平平仄，仄仄平平仄仄平。
仄仄平平平仄仄，平平仄仄仄平平。
平平仄仄平平仄，仄仄平平仄仄平。

第四种格式：仄起平收

仄仄平平仄仄平。平平仄仄仄平平。
平平仄仄平平仄，仄仄平平仄仄平。
仄仄平平平仄仄，平平仄仄仄平平。
平平仄仄平平仄，仄仄平平仄仄平。

七律的四种格式示例

在实际的写作中，并不是每一个字都要非常严格地遵守平仄规则，有些地方的平仄是可以通融的。在四个基本句式中，可以放宽到以下程度：

（平）平（仄）仄平平仄，（仄）仄平平仄仄平。
（仄）仄（平）平平仄仄，（平）平（仄）仄仄平平。

带圈的位置代表可平可仄。其他句式一般都是一、三字处可平可仄，但是只有“（仄）仄平平仄仄平”第三字的平仄是不能通融的，这是为什么呢？这里涉及律诗的大忌，下面将会讲到。

七律四个格式以及分别对应的作品举例如下：

平起仄收式

（平）平（仄）仄平平仄，（仄）仄平平仄仄平。
人生到处知何似，应似飞鸿踏雪泥。
（仄）仄（平）平平仄仄，（平）平（仄）仄仄平平。
泥上偶然留指爪，鸿飞那复计东西。
（平）平（仄）仄平平仄，（仄）仄平平仄仄平。
老僧已死成新塔，坏壁无由见旧题。
（仄）仄（平）平平仄仄，（平）平（仄）仄仄平平。
往日崎岖还记否，路长人困蹇驴嘶。

——苏轼《和子由渑池怀旧》

平起平收式

（平）平（仄）仄仄平平。（仄）仄平平仄仄平。

倦童疲马放松门。自把长筇倚石根。

㊀仄㊁平平仄仄，㊁平㊀仄仄平平。

江月转空为白昼，岭云分暝与黄昏。

㊁平㊀仄平平仄，㊀仄平平仄仄平。

鼠摇岑寂声随起，鸦矫荒寒影对翻。

㊀仄㊁平平仄仄，㊁平㊀仄仄平平。

当此不知谁客主，道人忘我我忘言。

——王安石《登宝公塔》

仄起仄收式

㊀仄㊁平平仄仄，㊁平㊀仄仄平平。

剑外忽传收蓟北，初闻涕泪满衣裳。

㊁平㊀仄平平仄，㊀仄平平仄仄平。

却看妻子愁何在，漫卷诗书喜欲狂。

㊀仄㊁平平仄仄，㊁平㊀仄仄平平。

白日放歌须纵酒，青春作伴好还乡。

㊁平㊀仄平平仄，㊀仄平平仄仄平。

即从巴峡穿巫峡，便下襄阳向洛阳。

——杜甫《闻官军收河南河北》

仄起平收式

㊀仄平平仄仄平。㊁平㊀仄仄平平。

锦瑟无端五十弦。一弦一柱思华年。

㊁平㊀仄平平仄，㊀仄平平仄仄平。

庄生晓梦迷蝴蝶，望帝春心托杜鹃。
(仄)仄(平)平平仄仄，(平)平(仄)仄仄平平。
沧海月明珠有泪，蓝田日暖玉生烟。
(平)平(仄)仄平平仄，(仄)仄平平仄仄平。
此情可待成追忆，只是当时已惘然。

——李商隐《锦瑟》

七律的常格是平起平收式，然而一个有意思的现象是，七律中的高水准之作，以仄起平收式为多，如杜甫的《登高》（风急天高猿啸哀）、《登楼》（花近高楼伤客心），李商隐的《锦瑟》（锦瑟无端五十弦）、《无题》（相见时难别亦难），非常多。

格律对于辨别读音的帮助

知道了格律，就懂得读音的变通了。例如《锦瑟》：

锦瑟无端五十弦。一弦一柱思（sì）华年。

第二句的“思”字，为什么读去声？这是因为，“一弦一柱思华年”，对应的格律是“(平)平(仄)仄仄平平”，第五字一定要用仄声字，不能通融。“思”字平仄两读：作动词用时是平声，读sī；作名词用时则是去声，读sì。此外，“思”字还有“悲”的意思，音sì。“一弦一柱思华年”的“思”，应作“悲”字解，读sì。

我们再来看这首诗：

西风一叶未为稠。积雨寒添客思秋。
试以物情观燕垒，可无心事寄菟裘。
砚何堪办三钱水，竹岂能逾十稔楼。
真是先生有归兴，不应如我雪盈头。

——方回《次韵张慵庵立秋有怀》

第二句的“客思秋”，亦应解作“客悲秋”，此处“思”字读sì，与“一弦一柱思华年”的“思”读法相同。

再如李颀的七律《送魏万之京》：

朝闻游子唱离歌。昨夜微霜初渡河。
鸿雁不堪愁里听，云山况是客中过。
关城树色催寒近，御苑砧声向晚多。
莫是长安行乐处，空令岁月易蹉跎。

第二联里面，“听”和“过”都是平仄两读的字，依循的格律是“㊅仄㊉平平仄仄，㊉平㊅仄仄平平”，“听”在这里是仄声，要读tìng，“过”是韵脚，此诗韵依下平五歌，须读平声guō。

李商隐的《筹笔驿》：

猿鸟犹疑畏简书。风云长为护储胥。
徒令上将挥神笔，终见降王走传车。
管乐有才真不忝，关张无命欲何如。

他年锦里经祠庙，梁父吟成恨有余。

“徒令上将挥神笔”依循的格律是“(平)平(仄)仄平平仄”，第二字一定是平声，没有通融的余地，而“令”又是一个可平可仄的字，作名词用的时候是仄声，作使动用法的时候则是平声，要读成líng。“徒令上将挥神笔”的“令”是“使令”的意思，属于动词，所以无论是依照格律还是用法，它在这里都应读平声líng。

同理，《送魏万之京》最后一句“空令岁月易蹉跎”，此处“令”字无论是依照格律还是用法，都应平读，音líng。

《筹笔驿》第二句“风云长为护储胥”，依照的格律是“(平)平(仄)仄仄平平”，第六字“储”是平声，旧读chú，如杜甫七律《诸将》“朝廷衮职虽多预，天下军储不自供”，此处“储”亦作平声用。

《筹笔驿》第四句“终见降王走传车”，里面的“传”字是多音字，一音chuán，一音zhuàn，这句诗依循的格律是“(仄)仄平平仄仄平”，所以此处的“传”字必须读zhuàn，如果读chuán则成了平声，就出律了。至于“车”字，也有两个读音，一音jū，在上平六鱼韵；一音chē，在下平六麻韵。《筹笔驿》一诗，“车”与“书、胥、如、余”押韵，可知此诗用的是上平六鱼韵，因此“车”字必须读jū。

人们在读诗时，考虑到在听觉上要显得押韵，就使用了一种“叶韵”（此处“叶”字音xié）的做法，即临时改变一些字的读音。如《过故人庄》：“故人具鸡黍，邀我至田家。绿树村边合，青山郭外斜。”这里的韵脚是“家、斜”，所以“斜”字临时改读为xiá，这样读来就和“家”字押韵了，这个读音已经成了一种约定俗成。

也有朋友问，如果“斜”字不在诗词韵脚的地方，比如读“斜阳外，寒鸦万点，流水绕孤村”的时候，需不需要临时变读呢？答案是最好还是读xiá。当然了，如果读xié也不能说是错的。

在古人诗里，我们经常碰到异读的情况：

三年谪宦此栖迟。万古惟留楚客悲。
秋草独寻人去后，寒林空见日斜时。
汉文有道恩犹薄，湘水无情吊岂知。
寂寂江山摇落处，怜君何事到天涯。

——刘长卿《长沙过贾谊宅》

这是一首七律，格式平起平收，押的是上平四支韵，所以末句“怜君何事到天涯”的“涯”字，在这里就不能读成yá了，不然的话，它就显得与“迟、悲、时、知”等字不押韵，此时应将之读成yí。“涯”字比较独特，其独特性在于它很“多情”，在上平四支、上平九佳、下平六麻这三个韵部里都有它的身影。大家去翻翻《平水韵》，在上平四支里找到“涯”字，会发现它旁边有一个说明“佳麻韵同”，这句话的意思是，同一用法的“涯”字，既可押上平四支韵，也可押上平九佳韵或下平六麻韵。

下面这首诗里的“涯”字，读法就跟上面这首诗不同：

春风疑不到天涯。二月山城未见花。
残雪压枝犹有橘，冻雷惊笋欲抽芽。
夜闻归雁生乡思，病入新年感物华。
曾是洛阳花下客，野芳虽晚不须嗟。

——欧阳修《戏答元珍》

此诗平起平收，韵依下平六麻，因此首句的“涯”字就要读yá了，不然就显得与“花、芽、华、嗟”等字不押韵。第五句“夜闻归雁生乡思”的“思”，依照格律，它在此处必须仄读，音sì。

大致来说，古诗文中的异读字，数量还是不少的，需要多留意，把它们都记住其实也不是一件难事。我整理了一份《古诗文中容易读错的字》资料，收录了古诗文中常见的异读字以及对应的例句，见本书附录一，大家不妨多翻阅。

我们在读诗的过程中，碰到读音有疑的时候，应该多查阅《汉语大词典》《王力古汉语字典》等权威辞书。这些辞书注明了汉字在表达某种意思时是什么样的读音、所属的韵部是哪个。

当然了，字典的解释也是根据前人例句归纳的。所以，碰到异读字的时候，最简单直接的定音逻辑就是：当你对某一个字采用某种读音的时候，得有相关的古人例句作为支撑（且最好不是孤例）。

七律的避忌

有人说，写七言律诗，只要记住“一三五不论、二四六分明”这个口诀就行了。这个口诀的意思是，在每个句子里面，第一、三、五字的位置可平可仄，第二、四、六字的位置平仄分明。

这个口诀有没有问题呢？有，而且是大大的有，稍有不慎就会触犯律诗的大忌。

孤平

在七律中，孤平出现在“㊀仄平平仄仄平”这个句式里，如果“一三五不论”，在第三字用了仄声，那就成了“㊀仄仄平仄仄平”。在这个押韵的句式里，没有一个“平平”的节奏，也就意味着，除了首字和尾字（由于七律每句的首字都是可平可仄的，所以不算上它）之外，句子里只有一个平声（或句中没有了一个“平平”的节奏）。这就是孤平。

需要特别说明的是，七律的孤平，是特指在“㊀仄平平仄仄平”这个格式中出现的毛病。

五律中也有孤平的忌讳，出现在“平平仄仄平”这个格式里（即“㊀仄平平仄仄平”这个句式去掉前面两个仄声），如果第一个字用了仄声，就变成了“仄平仄仄平”，这时我们可以看到，除了韵脚，全句只有一个平声字（或句中没有了一个“平平”的节奏）。这种情况也属于孤平。

孤平是律诗的大忌，犯了，就一定要救。

救的方法很简单。若是在七律中出现“(仄)仄仄平仄仄平”的情况，那么在第五个字的位置上，改用一个平声字就可以了，格律就成了“(仄)仄仄平平仄平”，即把句中的“平平”节奏，往后挪动了一个字位。如王安石七律《葛溪驿》“归梦不知山水长”，这里的“不”字应平而仄，但“山”字救了。

同理，若是在五律中出现“仄平仄仄平”的情况，那么只需要在第三个字的位置上，改用一个平声字即可。“仄平平仄平”这个格式，前人是经常用的，李商隐五律《蝉》“故园芜已平”，王安石五律《贾生》“少年明是非”，即是此格。

有一种观点认为，在“(平)平(仄)仄仄平平”这个句式里，如果第一个字用了仄声，那么第三字需要用平声，不能用仄声，如果用仄声就是孤平。这种观点不正确。一是这种要求过于苛刻，没有必要；二是“仄平仄仄仄平平”格式，前人也频频使用：

> 一行白鹭上青天。（杜甫）
> 楚王葬尽满城娇。（李商隐）
> 一弦一柱思华年。（李商隐）
> 一弹指顷去来今。（苏轼）
> 七千里外二毛人。（苏轼）
> 定知石友许忘年。（黄庭坚）

三平调

在“(平)平(仄)仄仄平平”这个句式里，如果秉执“一三五不论”的信念，在第五字用了平声，那就变成“(平)平(仄)仄平平平”。这时候我们可以看到，这个句式的最后三个字都是平声，这是律诗的另一个大忌：三平调。

在律诗的写作中，犯了孤平还可以去救，但是犯了三平调，就没法救了，写诗的时候必须避免。

失粘

李白写的七律不多，其中有一首《登金陵凤凰台》，是传世名篇：

凤凰台上凤凰游。凤去台空江自流。
吴宫花草埋幽径，晋代衣冠成古丘。
三山半落青天外，二水中分白鹭洲。
总为浮云能蔽日，长安不见使人愁。

这首诗首句入韵，“游、流、丘、洲、愁”，是下平十一尤韵部里的字。中间两联都对仗了，每一联独立起来看，都是符合七律的平仄格式的。但是，它没有按照“粘”的规则来进行组合。

第三句第二个字“宫”是平声，第二句第二个字“去”是仄声，两字的平仄不相同，不符合律诗“粘”的规则，失粘了。

同样，第五句第二字“山”是平声，第四句第二字“代”是仄声，同样也是失粘。

陈与义的《送客出城西》，也是名篇中的失粘之作：

邓州谁亦解丹青。画我羸骖晚出城。
残年政尔供愁了，末路那堪送客行。
寒日满川分众色，暮林无叶寄秋声。
垂鞭归去重回首，意落西南计未成。

在这首诗里，第二句“我”字是仄声，第三句“年”字是平声，失粘了。

像《登金陵凤凰台》和《送客出城西》这种失粘的作品，或是作者一时失检所致，或是作者特意做的艺术尝试。它们尽管都是非常出色的作品，但是失粘的问题也是真切存在的，而且作品的出色也不是因失粘所造成。对于初学者来说，这种做法不宜模仿。

出韵

律诗的首句可以押韵，也可以不押韵。偶数句的韵脚，必须在同一个韵部（依《平水韵》），如果没有做到，那么就是出韵。

如果我们在首句最后一个字用了平声，就意味着首句入韵，这个字必须和其他几个韵脚的字在同一韵部或者是在邻韵（邻韵的问题下面将谈到），如果不是，也属出韵。

初学者写律诗时容易犯的一个错误，是首句使用平收格式但末字不入韵，而是天马行空地用了其他韵部里的平声字。这种做法，在律诗与绝句当中都是大忌。

重字

在律诗的写作当中，最好不要重复用字，这应该是一个比较隐性的“规则”。

说它是“隐性”的，是因为可以不遵守这条“戒律”，有意为之的重字，古人诗中习见，如：“自去自来堂上燕”“昨夜星辰昨夜风”“座中醉客延醒客”……

说它可以成为“规则”，也不难理解，毕竟律诗的篇幅有限，如果出现一些无谓的重字，自然就显得不太精练了：

燕雁迢迢隔上林。高秋望断正长吟。
人间路有潼江险，天外山惟玉垒深。
日向花间留返照，云从城上结层阴。
三年已制思乡泪，更入新年恐不禁。

——李商隐《写意》

这首诗重复了一个“间”字，而且意思相同，没有什么必要。对于这种情况，我们写诗的时候能免则免。

绝句的篇幅比律诗更短，要求文字更加精练，也应该尽量避免出现重字。

至于古体诗以及词的写作，则不避忌重字：

我家江水初发源，宦游直送江入海。闻道潮头一丈高，天寒尚有沙痕在。中泠南畔石盘陀，古来出没随涛波。试登绝顶望乡国，江南江北青山多。羁愁畏晚寻归楫，山僧苦留看落日。微风万顷靴文细，断霞半空鱼尾赤。是时江月初生魄，二更月落天深黑。江心似有炬火明，飞焰照山栖鸟惊。怅然归卧心莫识，非鬼非人竟何物。江山如此不归山，江神见怪惊我顽。我谢江神岂得已，有田不归如江水。

——苏轼《游金山寺》

在《游金山寺》这首古体诗里，有十个“江”、五个“山”、四个“归”字，然而并不妨碍它成为一首好诗。

此外，苏轼的《念奴娇·赤壁怀古》一词里，出现了三个“江”、三个“人”、两个“国”、两个“生”、两个“故”、两个“如”、两个“千”字，重字情况也很多，但因为这首词篇幅比较长，所以读起来并不觉得单调。

话说回来，我们即使是写古体诗或填词，还是应该要有控制重字的意识。上引《游金山寺》与《念奴娇·赤壁怀古》两篇作品，相信并不是苏轼有意为之，而是因为他追求行气俊朗，不自觉地出现了这么多重字。这种做法，或许不会影响作品的质量，但至少不应该鼓励。

七律的变格

前文所讲七律四个基本句式，是很标准的正格。正格之外，还有一些变格，我们也需要去掌握它，因为有些变格古人用得非常多。

七律的变格，非常简单易记。

1. 仄仄平平仄平仄

“㊀仄㊁平平仄仄”这一个句式，可以变成“㊀仄平平仄平仄”，就是第五、六字的平仄互换。这一个互换，是因为原来的句式中有一个“平平平”的节奏，古人可能觉得它太单调了，所以要有一点变化。

这种变化要具备一个前提，那就是此句里的第三个字原本可平可仄，但此时一定要用平声，不能用仄声。因为只有这样，才能保证这一句里面至少保留了一个“平平”的基本节奏。

李商隐《无题》“直道相思了无益”，格律就是“(仄)仄平平仄平仄”，“了”是仄声，“无”是平声。

再如龚自珍的“万一禅关砉然破”，格律也是“(仄)仄平平仄平仄”，“砉”是仄声，普通话读xū，粤方言音“或”。“然”是平声，所以第三个字用了平声“禅”字。

在五言律诗中，类似的变格是“平平仄平仄”，第三、四字位处平仄互换。在这种情况下，第一个字只能用平声，不能用仄声——其实就是把“(仄)仄平平仄平仄”前面两个仄声去掉。李商隐诗句“烦君最相警”就属于这种格式。

在诗家的实际写作过程中，也不乏这样的情况出现：在“仄仄平平平仄仄”句式里，第五、六字平仄互换，但第三字并没有用平声。比如陈曾寿的《庶侯自宝应来并出近诗赋此赠之》：

栖眉一往瘁痕深。如见平居悄悄心。
积惧可能潜沉劫，抗怀犹自托微吟。
饱经霜醉枫初落，小放晴寒菊可寻。
留命桑田能邂逅，拚除百虑尽芳斟。

以上是一首七律，“积惧可能澹沉劫”的格律是“仄仄仄平仄平仄”，第五、六字平仄互换了，但第三个字“可”是仄声，并未用平声。这种情况是诗人在掌握了各种技术之后进行的艺术尝试，以期在声律上营造一种拗拙的特效。在古人的作品中，这种格式是很特殊的情况，对于初学者而言，不足为法。

由于“(仄)仄平平仄平仄”的句式，古人用得很多，所以这一种格式也成了常格：

> 正是江南好风景。（杜甫）
> 庾信平生最萧瑟。（杜甫）
> 千载琵琶作胡语。（杜甫）
> 欲向钱塘访圆泽。（苏轼）
> 斗大明星烂无数。（龚自珍）

2.仄仄平平仄仄仄

“(仄)仄(平)平平仄仄”这一句式还有另外一种变格，那就是第五个字用仄声。这样一来，此句的格律就成了“(仄)仄平平仄仄仄”，最后三个字是仄声，这就是三仄尾。

三平调是绝对不允许在律诗中出现的，但三仄尾可以。不过，三仄尾也有一个前提，那就是第三字一定是个平声字，不能用仄声。这同样也是为了保证句子里有一个“平平”的节奏。

比如，沈佺期的七律《古意呈补阙乔知之》，“谁为含愁独不见”一句应依循的格律是“(仄)仄(平)平平仄仄”，“独”字应平而仄，三仄尾，但第三字用上了平声“含”。

再如，苏轼的七律《过永乐文长老已卒》，“三过门间老病死”也是相同的情况，第五字“老”是仄声，三仄尾，所以第三字用上平声“门”字。

三仄尾的情况多出现在五言近体诗里，例如“相看两不厌”“潮平两岸阔”等。相较而言，古人的七律和七绝都比较少出现三仄尾。今人写七律，也应当尽量避免三仄尾，毕竟这种格式的声律峻峭，更适合用于古体诗而不是近体诗。

3. 仄仄平平平仄平

在“仄⃝仄平平仄仄平”格式里，第五字本应用仄声，但用了平声，成了“仄⃝仄平平平仄平”，这也是允许的。例如杜甫的“风急天高猿啸哀”，格律是“平仄平平平仄平”，“猿”字是平声。贾岛的“直到天南潮水头”也是这种情况。

一般而言，“仄⃝仄平平平仄平”多出现在律诗的首尾两联。又或者是第三个字用了仄声，为了避免孤平，才在第五字处用平声。古人的诗作，大多数还是恪守“仄⃝仄平平仄仄平”这一句式。

总而言之，写近体诗时，怎么严谨，都不过分。

4. 拗救

拗救出现在“平⃝平仄⃝仄平平仄，仄⃝仄平平仄仄平”这一联里。在这一联的出句里，允许出现这么一些变化：

平⃝平仄⃝仄平平仄→平⃝平仄⃝仄仄平仄

(平)平(仄)仄平仄仄

(平)平(仄)仄仄仄仄

即第五、六字本来是要用平声的，但这两个位置都可以使用仄声。在这种情况，这些句式是“拗句”，即不符合正常格律的句子。

不过，使用了这种拗句，是需要补救的。怎么去救呢？方法很简单，在对句第五字的位置上，用一个平声字就可以了：(仄)仄平平平仄平。

当出现“平平仄仄仄平仄”这种拗句（第五字应平而仄）的时候，一般认为可救可不救。杜甫的“洛城一别四千里，胡骑长驱五六年”，上句“四”字拗，但下句“五”字仍是仄声，并未救。这种情况也是允许的。不过，“平平仄仄仄平仄”这种格式，其声律终究更像古体诗一些，所以最好还是在下句救一下。

常见的拗救诗例有：

可怜怀抱向人尽，欲问平安无使来。
仄平平仄仄平仄，仄仄平平平仄平。

——杜甫

按：“向”字拗，“无”字救。

浮生恰似冰底水，日夜东流人不知。
平平仄仄平仄仄，仄仄平平平仄平。

——杜牧

按：“人”字救了“底”字。

许浑的“溪云初起日沉阁，山雨欲来风满楼”一联，出句的“日”字应平而仄，拗了；对句的“欲”字应平而仄，也拗了，所以许浑就在对句的第五字位置处，用上平声“风”。这个“风”字既救了出句的“日”字，也救了本句里的“欲”字。所以这里是对句救、当句救合二为一。

以一个字救两个字，这种做法在古人诗中也是常见的：

儿童相见不相识，笑问客从何处来。
平平平仄仄平仄，仄仄仄平平仄平。

——贺知章

按：“不”“客”俱拗，“何”字救了两字。

求之流辈岂易得，行矣关山方独吟。
平平平仄仄仄仄，平仄平平平仄平。

——李商隐

按：“方”字救了“岂”“易”字。

病身最觉风露早，归梦不知山水长。
仄平仄仄平仄仄，平仄仄平平仄平。

——王安石

按："山"字救了"露"字和"不"字。

极端的情况，是以一个字救三个字：

一身报国有万死，双鬓向人无再青。
仄平仄仄仄仄仄，平仄仄平平仄平。

——陆游

陆游这两句诗，所应依循的格律也是"㊥平㊦仄平平仄，㊦仄平平仄仄平"，但是"有、万"两个字拗了，对句的"向"字也拗了。这时候陆游就在对句的第五字，用上平声"无"，救了三个字。

同样的拗救例子还有：

持家但有四立壁，治病不蕲三折肱。
平平仄仄仄仄仄，仄仄仄平平仄平。

——黄庭坚

按："四、立、不"拗，"三"字救。

宋人也有拗了而不救的：

庐山自古不到处，得与幽人子细穷。
平平仄仄仄仄仄，仄仄平平仄仄平。

——苏轼

苏轼这两句诗，“不、到”两字拗了，但对句的“子”字仍是仄声，没有救。这种处理不足为法。

到此，七律的格律就介绍完毕了。在平仄合格的基础上，律诗还有其他的要求：对仗。无论是七律、五律还是排律，除了首联和尾联不作对仗要求外，其余的每联两句都必须对仗。对仗的情况，将在后面的篇章细讲。

什么是拗律

古人偶尔喜欢用写古风的方法去写律诗，所以有一些律诗，其平仄格式显得非常“天外飞仙”，没有规律可循。对于这种迥异于常格的“律诗”，可以视为拗体律诗，简称拗律。

拗律有这样一些基本特征：

四联八句，偶数句押平声韵且一韵到底，中间两联大体对仗；

至于平仄格式，则大多违反律诗常格。

拗律跟前文说的拗救并不完全一样。律诗的拗救是有迹可循的，且只发生在“平平仄仄平平仄，仄仄平平仄仄平”一联里（五言诗则在“仄仄平平仄，平平仄仄平”）。

然而拗律的格式变化，可以说是无迹可循的。比如崔颢的《黄鹤楼》：

昔人已乘黄鹤去，此地空余黄鹤楼。
黄鹤一去不复返，白云千载空悠悠。
晴川历历汉阳树，芳草萋萋鹦鹉洲。

日暮乡关何处是，烟波江上使人愁。

这是一首著名的拗律，一半是古风，一半是律诗，至于为何是前四句不合律而后四句合律，不合律的部分是否遵循某种规则，并没有一个情理完备的答案，大概是作者随兴而成的。

黄庭坚的《汴岸置酒赠黄十七》，也属于拗律：

吾宗端居丛百忧。长歌劝之肯出游。
黄流不解涴明月，碧树为我生凉秋。
初平群羊置莫问，叔度千顷醉即休。
谁倚柁楼吹玉笛，斗杓寒挂屋山头。

此诗中间两联大致对仗，但除了最后两句之外，其他句子的平仄都不符合律诗要求。“生凉秋”属于三平调，是古体诗常用的句式，却是近体诗的大忌。宋人当中，黄庭坚是拗律高手，有不少律诗写得像古风，我们根据“平声长、仄声短”的方式去吟诵这类诗，就会有一种奇崛难忘的感受，这是黄庭坚峭拔诗风的一种体现。

苏轼的《出颍口初见淮山是日至寿州》，亦是拗律中的佳作：

我行日夜向江海，枫叶芦花秋兴长。
长淮忽迷天远近，青山久与船低昂。
寿州已见白石塔，短棹未转黄茅冈。
波平风软望不到，故人久立烟苍茫。

此诗只有首联合律，且采用了拗救格式（“向”字拗，“秋”字救），中间两联对仗，第三句至第八句都不合律。

唐宋名家还有各种形式的拗律，这里就不一一列举了。

拗律说白了就是古体诗。宋人的拗律，其实是继唐人而来的，杜甫诗中也有一些故意突破常格的“律诗”（譬如《白帝》《暮春》）。到了宋代，颇有一些拗律名作出现。但我们需要注意到，这种突破常格的律诗，在唐宋两代都没有成为主流，它之所以值得我们去注目，只不过是因为唐宋诗家写出了一些质量非常高的拗律。然而，唐宋诸家写拗律，是在他们创作了大量符合格律的律诗之后的一种尝试。我们学诗，应先严格地按照律诗要求来写，不可一上手就尝试破格。

李商隐是严守律诗格式的典范，他写律诗时，对自己要求极其严格，极少拗体，对仗很工稳，甚至在“仄仄平平仄仄平”这个句式里，他的第五字也极少用平声。

写近体诗为什么要遵用《平水韵》

写近体诗要用《平水韵》，这是一个基本常识。

《平水韵》产生于宋代，编者根据唐代以来诗人写近体诗的用韵习惯，把常用于诗中的字分门别类，划为106个韵部，供写诗者使用。

在这部韵书里，有上平、下平、上声、去声、入声这五大类，其中上平与下平都属于平声，所谓“上、下”，只是为了把三十个平声韵部平均分成两部分，并没有什么特别寓意。

不过，从发音来看，编者显然把发音相近的字尽量安排在相近位置。譬如上平一东、上平二冬发音相似，又如从下平十二侵到下平十五咸，这几个韵在古音里都是闭口音，粤方言发音都以m结尾。

唐代尽管没有《平水韵》名目，但《平水韵》正是基于唐人的用韵习惯而成的。因此可以这样说，从唐朝以来，中国人写近体诗都遵用《平水韵》。今天我们写诗要遵守《平水韵》，其理由就不用多说了：既然我们要写的是在唐代成熟的诗歌体裁，那么就应该按照唐人遵用的规矩去做。

有人说，唐宋以来，汉语语音发生了很大变化，《平水韵》里许多字现在读起来已经不押韵了，譬如在上平四支这个韵部里，“支、枝、肢、移”这些字用普通话读尚算押韵，但“支、随、眉”这些字读起来就不像是同一个韵部。

基于这些情况，有人认为，应该对《平水韵》进行改革，尽量把今音读起来押韵的字归为一类。这种做法，其实就是弃用《平水韵》，另行编撰新的韵书。

事实上，编写新韵书这种事在历史上并不新鲜，明朝的时候，政府还颁布过《洪武正韵》，但这并不能动摇《平水韵》的地位。

那么，新韵究竟可不可取呢？答案是显然的：写近体诗时使用新韵，是一件没有意义的事。《洪武正韵》的式微命运，就已经是很好的答案。

主张改革《平水韵》的人也承认，语音是一直在变动的，从古到今都是如此。这也意味着，从今天到未来，语音也一定会持续发生变化。

所以，如果今人因为读音方面的不协调就能够随意更改古人沿用千年的韵书，那么后人完全也能够以同样的理由，更改甚至推翻今人定下来的韵书。

其实我们完全有理由相信，唐人的用韵习惯，到了宋代的时候，一定有许多地方读起来是不押韵的。在本质上讲，《平水韵》属于书面系统，不是口语系统。押韵这件事，不应该令诗人投注太多的精力，一部稳定流传的韵书，可以帮助诗人节省时间，致力于其他更重要的事情：用典、谋篇、锻句、炼字。

这是《平水韵》能够一直为历代诗人使用的根本原因。

我们今天写诗，如果觉得《平水韵》限制自己，那么完全可以去写古体诗，因为古体诗的用韵比较宽。但古体诗也是不能随便押韵的，我们也得遵守相应的规则。正如我们打篮球要用手，不能用脚，如果一定要用脚，就请去足球场。这是游戏规则使然，写诗亦是如此。

首句用邻韵

律诗能够押韵的地方，只有五处：第一句和偶数句。

在古典诗歌里，由于首句入韵不是硬性要求，因此古人算韵脚的时候，一般只看偶数句。比如王勃的《滕王阁诗》：

> 滕王高阁临江渚。佩玉鸣鸾罢歌舞。
> 画栋朝飞南浦云，珠帘暮卷西山雨。
> 闲云潭影日悠悠。物换星移几度秋。
> 阁中帝子今何在，槛外长江空自流。

这是一首古体诗，首句入韵，中途换了一次韵，换韵时“首句”入韵（“悠”字与“秋、流”同属下平十一尤韵）——七言古体诗换韵时“首句”入韵是常格，五言古体诗的情况则相反。但王勃在《滕王阁序》里说这首诗“四韵俱成”，这意味着他在计算韵脚的数目时，只算“舞、雨、秋、流”这四个字，没有算上“渚”和“悠”。这大概是因为，首句入韵（包括换韵时）不是诗的硬性规定，所以计算韵脚数目时可以不把首句入韵的字列入。

原则上，因为第一句不是硬性规定要押韵的，所以对它的要求比较宽松：可以使用邻韵的字。

庙堂无策可平戎。坐使甘泉照夕烽。
初怪上都闻战马，岂知穷海看飞龙。
孤臣霜发三千丈，每岁烟花一万重。
稍喜长沙向延阁，疲兵敢犯犬羊锋。

——陈与义《伤春》

此诗偶数句的韵脚，“烽、龙、重、锋”皆在上平二冬韵，但首句韵脚的“戎”字在上平一东。这种情况，就是用了邻韵。

不只是七律能用邻韵，七绝也可以：

横看成岭侧成峰。远近高低各不同。
不识庐山真面目，只缘身在此山中。

——苏轼《题西林壁》

这首七绝中，“同”“中”两字都在上平一东韵，但是首句的“峰”字在上平二冬韵。这种情况也属于使用邻韵。

值得说明的是，哪些韵部之间互为邻韵也是有规定的，并不是说相邻两个韵部就是邻韵。至于哪些韵部互为邻韵，已有大量的相关文献说明，兹不赘述。简单说一句，上平二冬与上平一东互为邻韵，两韵读音也相近，但上平二冬与上平三江就不是邻韵，尽管它们在《平水韵》的位置上也是“邻居”。

此外，还有一些韵部是没有邻韵的，例如下平五歌、下平六麻、下平十一尤、下平十二侵这些韵部，只能独用。

首句押邻韵，也叫“孤雁出群”，这种情况在晚唐出现，在宋代兴盛。但它不是近体诗正格。因此对于初学者而言，不提倡首句押邻韵。

五律的格律

掌握了七律的格律之后，五律的格律就很简单了：把七律的四个基本句式，去掉前面两个音节，就是五律的四个基本格式：

(平)平(仄)仄平平仄→(仄)仄平平仄
(仄)仄平平仄仄平→平平仄仄平
(仄)仄(平)平平仄仄→(平)平平仄仄
(平)平(仄)仄仄平平→(仄)仄仄平平

五律的变格、拗救，也可以视为在对应的七律格式基础上进行：

仄⃝仄平平仄平仄→平平仄平仄
仄⃝仄仄平平仄平→仄平平仄平
平⃝平仄⃝仄仄仄仄→仄⃝仄仄仄仄
仄⃝仄平⃝平平仄平→平⃝平平仄平

从四个基本句式中，任取一个句式作为一首五律的开头，根据“粘”和“对”的规则，就可以推演出五律的四种格式。

平起仄收式

平⃝平仄平仄，仄⃝仄仄平平。
凉风起天末，君子意如何。
仄⃝仄仄平仄，平平平仄平。
鸿雁几时到，江湖秋水多。
平⃝平平仄仄，仄⃝仄仄平平。
文章憎命达，魑魅喜人过。
仄⃝仄平平仄，平平仄仄平。
应共冤魂语，投诗赠汨罗。

——杜甫《天末怀李白》

按：此诗首句的格式为“平平仄平仄”，第三、四字的平仄互换，这是一种变格，前提是句子第一个字必须用平声。这种情况，在七律里就是“仄⃝仄平平仄平仄”。第二联“鸿雁几时到，江湖秋水多”里，“几”字拗，对句“秋”字救。这种情况，在七律里就是“㊣平㊀仄仄平仄，㊀仄平平平仄平”。

平起平收式

平平仄仄平。㊀仄仄平平。
深居俯夹城。春去夏犹清。
㊀仄平平仄，平平仄仄平。
天意怜幽草，人间重晚晴。
㊣平平仄仄，㊀仄仄平平。
并添高阁迥，微注小窗明。
㊀仄平平仄，平平仄仄平。
越鸟巢干后，归飞体更轻。

——李商隐《晚晴》

仄起仄收式

㊀仄平平仄，平平仄仄平。
不见骊塘路，茫然四十春。
㊣平仄平仄，㊀仄仄平平。
长为异乡客，每忆故时人。
㊀仄平平仄，平平仄仄平。
水阅公三世，云浮我一身。
㊣平仄平仄，㊀仄仄平平。
濠梁送归处，握手但悲辛。

——王安石《送邓监簿南归》

按：第三句的“异、乡”二字平仄互换，第七句的“送、归”亦然。

仄起平收式

㊀仄仄平平。平平仄仄平。
山暝听猿愁。沧江急夜流。
㊉平仄仄仄，㊀仄仄平平。
风鸣两岸叶，月照一孤舟。
㊀仄平平仄，平平仄仄平。
建德非吾土，维扬忆旧游。
㊉平㊀㊉仄，㊀仄仄平平。
还将两行泪，遥寄海西头。

——孟浩然《宿桐庐江寄广陵旧游》

按：“风鸣两岸叶”是三仄尾，五言近体诗使用三仄尾的前提是句子第一个字必须用平声。这种情况在七律里是“仄仄平平仄仄仄”。第七句的“两、行”平仄互换。“听”字平仄两读，见本书附录一。

排律

排律是律诗中的特殊种类，每一句须符合律诗格律，其组合规则仍是律诗的“粘”和“对”，一韵到底，不换韵。排律的句子数目不限，但联数须是偶数。除首尾两联外，其余每联都要对仗。常见的排律格式是六联十二句、八联十六句。

七言排律

㊣平㊀仄仄平平。㊀仄平平仄仄平。
台州地阔海冥冥。云水长和岛屿青。
㊀仄㊣平平仄仄，㊣平㊀仄仄平平。
乱后故人双别泪，春深逐客一浮萍。
㊣平㊀仄平平仄，㊀仄平平仄仄平。
酒酣懒舞谁相拽，诗罢能吟不复听。
㊀仄㊣平平仄仄，㊣平㊀仄仄平平。
第五桥东流恨水，皇陂岸北结愁亭。
㊣平㊀仄平平仄，㊀仄平平仄仄平。
贾生对鹏伤王傅，苏武看羊陷贼庭。
㊀仄㊣平平仄仄，㊣平㊀仄仄平平。
可念此翁怀直道，也沾新国用轻刑。
㊣平㊀仄平平仄，㊀仄平平仄仄平。
祢衡实恐遭江夏，方朔虚传是岁星。
㊀仄㊣平平仄仄，㊣平㊀仄仄平平。
穷巷悄然车马绝，案头干死读书萤。

——杜甫《题郑十八著作虔》

五言排律

㊣平平仄仄，㊀仄仄平平。

两公天下骏，无地与腾骧。
㊀仄仄仄仄，仄平平仄平。
就死得处所，至今犹耿光。
㊉平仄平仄，㊀仄仄平平。
中原擅兵革，昔日几侯王。
㊀仄平平仄，平平仄仄平。
此独身如在，谁令国不亡。
㊉平仄平仄，㊀仄仄平平。
北风吹树急，西日照窗凉。
㊀仄平平仄，平平仄仄平。
志士千年泪，泠然落奠觞。

——王安石《双庙》

按：第二联“得、处、至”三字拗了，“犹”字救，这种情况在七律里是“㊉平㊀仄仄仄仄，㊀仄仄平平仄平”。

律绝

绝句又称截句，总共有两联，可对仗也可不对仗，以不对仗为正格；偶数句押韵且一韵到底，首句可入韵也可不入韵。

绝句分为律绝和古绝两种，以律绝为主流。截取律诗一半而成的绝句是律绝，截取首尾两联，则不对仗；截取中二联，则全部对仗；截取一、三联或二、四联，则有一联对仗。

至于句子不合律或用仄韵的绝句，可以归入古绝。律绝属于近体诗，古绝属于古体诗。

七言律绝

①平起仄收式：

㊥平㊀仄平平仄，㊀仄平平仄仄平。

岐王宅里寻常见，崔九堂前几度闻。

㊀仄㊥平仄平仄，㊥平㊀仄仄平平。

正是江南好风景，落花时节又逢君。

——杜甫《江南逢李龟年》

按：第三句使用“㊀仄平平仄平仄”格式。

②平起平收式：

㊥平㊀仄仄平平。㊀仄平平仄仄平。

杨花落尽子规啼。闻道龙标过五溪。

㊀仄㊥平仄平仄，㊥平㊀仄仄平平。

我寄愁心与明月，随风直到夜郎西。

——李白《闻王龙标左迁遥有此寄》

按：第三句使用“㊀仄平平仄平仄”格式。

③仄起仄收式：

㊀仄㊥平平仄仄，㊥平㊀仄仄平平。

独在异乡为异客，每逢佳节倍思亲。

㊥平㊀仄平平仄，㊀仄平平仄仄平。

遥知兄弟登高处，遍插茱萸少一人。

——王维《九月九日忆山东兄弟》

④仄起平收式：

(仄)仄平平仄仄平。(平)平(仄)仄仄平平。

云母屏风烛影深。长河渐落晓星沉。

(平)平(仄)仄平平仄，(仄)仄平平仄仄平。

嫦娥应悔偷灵药，碧海青天夜夜心。

——李商隐《嫦娥》

⑤折腰体：

(平)平(仄)仄仄平平。(仄)仄平平仄仄平。

渭城朝雨浥轻尘。客舍青青柳色新。

(平)平(仄)仄仄平仄，(仄)仄平平平仄平。

劝君更尽一杯酒，西出阳关无故人。

——王维《送元二使安西》

按：第三句失粘了。后两句里“一”字拗，“无”字救。像这种失粘的绝句，被称为“折腰体”。后世不乏模仿《送元二使安西》格律的折腰体名作：

暮云收尽溢清寒。银汉无声转玉盘。

此生此夜不长好，明月明年何处看。

——苏轼《中秋月》

符合《送元二使安西》一诗格式（平起平收，第三句第五字拗，第四句第五字救）的折腰体，又称为阳关体。

五言律绝

①平起仄收式：

平⃝平平仄仄，仄⃝仄仄平平。
山中相送罢，日暮掩柴扉。
仄⃝仄平平仄，平平平仄平。
春草明年绿，王孙归不归。

——王维《山中送别》

按：末句第三字“归”字应仄而平，这是宽格，同于七律中的“仄仄平平平仄平”。

②平起平收式：

仄平平仄平。仄⃝仄仄平平。
北风吹白云。万里渡河汾。
仄⃝仄平平仄，平平仄仄平。
心绪逢摇落，秋声不可闻。

——苏颋《汾上惊秋》

按：首句“北”字拗，当句第三字“吹”救。

③仄起仄收式：

㊀仄仄仄仄，平平平仄平。
向晚意不适，驱车登古原。
㊉平平仄仄，㊀仄仄平平。
夕阳无限好，只是近黄昏。

——李商隐《登乐游原》

按：第一联用了拗救，“㊀仄仄仄仄，㊉平平仄平”。

④仄起平收式：

㊀仄仄平平。平平仄仄平。
林暗草惊风。将军夜引弓。
㊉平平仄仄，㊀仄仄平平。
平明寻白羽，没在石棱中。

——卢纶《塞下曲》

古体诗的格律

古体诗的特征

近体诗之外的古典诗歌体裁，都属于古体诗。

从《诗经》《楚辞》一直到近体诗出现之前的诗歌，都属于古体诗范畴。另外，即使有了近体诗，古体诗也不断地在发展，在近体诗兴盛的唐宋两代，诗人们也创作了大量高质量的古体诗。

古体诗的写作限制，要比近体诗宽松不少：不拘于五言或七言，用三言、四言、六言、九言等格式皆可；句数没有限制，篇幅任作者定；押韵的自由度很高，可押平声韵或仄声韵，不必严格遵用《平水韵》；中途可以换韵，韵脚重复亦无妨；没有对仗要求。

古体诗的分类

乐府

古体诗包括乐府和古风：

乐府：容易上口，与音乐的关系较近。

古风：又称古诗，与音乐的关系较远。

乐府可分为旧题乐府、新题乐府。

旧题乐府是指出现在唐代之前的题目，为后人沿用。李白写了许多旧题乐府，例如《将进酒》《关山月》《行路难》等题，在他之前已经有很多诗人写过，并不妨碍他写出自己的新意。

在唐代，诗人开始有意识地创制一些新题去写时事，于是就有了新题乐府，杜甫的《兵车行》《丽人行》等就属于此类。

我们在读诗的时候，如何判断一首诗是不是乐府呢？胡震亨《唐音癸签》的“体凡”篇，为我们列举了乐府诗的一些特征：

其题或名“歌”，亦或名“行”，或兼名“歌行”——歌，曲之总名，衍其事而歌之曰行，歌最古，行与歌行皆始汉，唐人因之。

又有曰“引”者，曰“曲”者，曰“谣”者，曰“辞”者，曰“篇”者——抽其意为引，导其情为曲，合乎俗曰谣，进乎文为辞，又衍而盛焉为篇，皆以其词为名者也。

有曰“咏”者，曰“吟”者，曰“叹”者，曰“唱”者，曰“弄”者——咏以永其言，吟以呻其郁，叹以抒其伤，唱则吐于喉吻，弄则被诸丝管，此皆以其声为名者也。

复有曰“思”者，曰“怨”者，曰“悲”若“哀”者，曰“乐”者——如李白之《静夜思》、王翰之《蛾眉怨》、杜甫之《悲陈陶》《哀江头》《哀王孙》，乐则如杜审言之《大酺乐》、白居易之《太平乐》、张祜之《千秋乐》，又皆以情为其名者也。

凡此多属之乐府，然非必尽谱之于乐。谱之乐者，自有大乐、郊庙之乐章，梨园教坊所歌之绝句，所变之长短填词，以及琴操、琵琶、筝笛、胡笳、拍弹等曲，其体不一。而民间之歌谣，又不在其数。

按照胡震亨的总结，凡是题目带有上述“歌、行、吟、哀”等字眼的诗，都可以视为乐府。这种类型的诗较注重音节的流畅性，但不一定都是入乐的。

古风

乐府之外的古体诗，一般称为“古风”，它们与音乐往往没有关系。

乐府与古诗的一大区别，就是乐府追求音节流畅，而古风非但不讲究这一点，有时甚至会故意制造一些崎岖的声效来，让诗变得不那么好读。比如李商隐的古风《韩碑》，“封狼生貙貙生罴”，七连平；“帝得宰相相曰度”，七连仄。常见的古风写作路数，不仅刻意避开律句，更是追求极度跌宕起伏的音效。

蘅塘退士的《唐诗三百首》，把诗分成了四类：古诗、乐府、律诗、绝句。这是把古体诗析为古诗与乐府两部分。

关于“古诗”“古风”这些称谓，古人的使用是很灵活的（也可以说是有点混乱）。

有时候，他们会把古诗与乐府统称为古诗。比如前人在编纂《临川文集》时，就把王安石的诗作分为两部分：古诗、律诗。在这个分类中，古诗指全部古体诗，律诗指全部近体诗。这样的区分亦无不可。

至于“古风”，古人有时泛指全部的古体诗，有时专指乐府之外的古体诗。

《苕溪渔隐丛话》卷八引《少陵诗正异》：

> 先生诗该众美者，不唯近体严于属对，至于古风句对者亦然。

又，李渔《闲情偶寄 · 词别繁减》：

> 诗之为道，当日但有古风，古风之体，多则数十百句，少亦十数句，初时亦未病其多。迨近体一出，则约数十百句为八句，绝句一出，又敛八句为四句，岂有病其渐少，而选诗之家止载古风，删近体绝句于不录者乎？此言多之可变为少也。总之，文字短长，视其人之笔性。

以上两说把古风与近体对举，那么古风应该就是泛指古体诗了。

潘德舆《养一斋诗话》卷二：

> 长篇波澜，贵层叠尤贵陡变，贵陡变尤贵自在，总须能见其大，不得琐屑铺陈。短篇却要有千岩万壑之势。此古风之大略也。乐府字面节拍，全异古风，须俟讽诵既多，沛然心口，始可偶一为之。

潘氏把古风与乐府对举，这是古代比较通行的用法，如黄庭坚《古诗二首上苏子瞻》其一：

> 江梅有佳实，托根桃李场。桃李终不言，朝露借恩光。孤芳忌皎洁，冰雪空自香。古来和鼎实，此物升庙廊。岁月坐成晚，烟雨青已黄。得升桃李盘，以远初见尝。终然不可口，掷置官道傍。但使本根在，弃捐果何伤。

黄庭坚这首诗标题里的“古诗”，一些刻本作“古风”。本书叙述采用这一说法，“古诗”等同于“古风”，它与乐府一起，构成了古体诗的两个部分。

不过，古风也好，古诗也罢，它们并不包括近体诗，则是确然无疑的。在今人的一些表述中，习惯把古人的诗统称为“古诗”。也不能说这种说法是错的，但只能理解为这是为方便论说而采用的粗略说法——如果所指向的具体作品是近体诗，那么就跟“古诗”这个说法不相符了。

古体诗的押韵亦有讲究

与规矩绵密的近体诗相比，古体诗显得宽松许多，比如字数可以不齐整。李白《将进酒》，有三言（岑夫子），有五言（与君歌一曲），有七言（人生得意须尽欢）。这些情况在近体诗里是不允许出现的。

古体诗也出现过六言和九言格式，但都没有成为主流。至于《诗经》的四言格式，亦后乏嗣响。总体来说，无论古体诗还是近体诗，都以五言和七言为主流，我们今天学诗，也主要学这两种体裁。

在押韵方面，古体诗的选择面很广，例如上平一东和上平二冬可以通押，上平十五删和下平一先可以通押。在古体诗大概不存在“出韵”这一说法。

近体诗不能押仄韵、不能换韵、不能重复韵脚，这些限制古体诗都没有。在写古体诗的时候，我们可以根据需要去换韵，并且可以重复使用一些字做韵脚。

一般来说，写古体诗如果要换韵，最好是平仄韵迭用。当然，这也不是定式，也有一直使用平声韵或仄声韵的，例如苏

轼的《书丹元子所示李太白真》:

> 天人几何同一沤。谪仙非谪乃其游。麾斥八极隘九州。化为两鸟鸣相酬。一鸣一止三千秋。开元有道为少留。縻之不可矧肯求。西望太白横峨岷。眼高四海空无人。大儿汾阳中令君。小儿天台坐忘身。平生不识高将军。手污吾足乃敢瞋。作诗一笑君应闻。

对于此作，前人疑为两首诗，其实是一首。此诗句句押韵，用了两个韵部，前七句是平声韵，后七句换的也是平声韵，这种做法被古人称为“平头换韵”。

不过，平仄韵迭用会让古体诗在声律上显得自然一些。另外需要注意的是，换韵一定要自然，不能遇到宽韵的时候就多使用一些字、遇到窄韵就少用一些字，而应该在诗意发生变化的时候进行换韵。

古体诗还可以句句押韵，例如杜甫的《饮中八仙歌》:

> 知章骑马似乘船。眼花落井水底眠。汝阳三斗始朝天。道逢麹车口流涎。恨不移封向酒泉。左相日兴费万钱。饮如长鲸吸百川。衔杯乐圣称避贤。宗之潇洒美少年。举觞白眼望青天。皎如玉树临风前。苏晋长斋绣佛前。醉中往往爱逃禅。李白一斗诗百篇。长安市上酒家眠。天子呼来不上船。自称臣是酒中仙。张旭三杯草圣传。脱帽露顶王公前。挥毫落纸如云烟。焦遂五斗方卓

然。高谈雄辩惊四筵。

此诗韵依下平一先，不规避重复韵脚，“前”字更是三次被用作韵脚。

相传汉武帝在柏梁台上和群臣共赋七言诗，每人出一句，每句都押韵，最后联成了一首诗，后世遂把句句押韵的诗叫作柏梁体。《饮中八仙歌》即属此体。

除了柏梁体，古体诗的通行做法是隔句用韵，这点跟近体诗一样。

学写诗的时候，如果觉得押韵这件事是一副枷锁，那么可以尝试写一些古体诗。

我们仔细读李商隐的五言古诗《行次西郊作一百韵》，留心其用韵，就可知古体诗押韵之宽。在这首诗里，通押的韵部有：上平十一真、上平十二文、上平十三元、上平十四寒、上平十五删、下平一先。

不过，今人写古体诗，用韵虽然可以很自由，但最好要有所本，也就是说，最好能在前人的作品中找到先例。

古体诗虽然规矩少，但也不可能少到没有规矩，比如平仄通押就是古体诗也不允许的做法。什么叫平仄通押？如果我们写一首诗，把《平水韵》里的上平一东韵和上声一董韵混用，这种做法就属于平仄通押，因为东韵是平声，董韵是仄声。

即使同为平声或同为仄声，还是有很多韵部在古体诗中不能通押的。比如上平一东和上平四支，虽然都是平声韵，但在声律上可谓风马牛不相及，因此不能在诗（无论近体还是古体）里通押。这些明里暗里的规矩，是我们在学写诗时需要注意的。

一般而言，今人写古体诗，可以按照《词林正韵》的分部情况用韵。使用这个做法时，需要密切注意一点，那就是要在同一声调里通押——平声和平声、上声和上声，依此类推。比如在《词林正韵》第一部里有这些韵：

平声一东二冬　通用

上声一董二肿　去声一送二宋　通用

这里说的“通用”，是指在填词的时候，特殊情况下可以上声与去声通押，也可以平声与仄声通押（譬如《西江月》就有这一规定）。

诗与词不同。如果我们写一首古体诗，可以平声东、冬两韵通押，或是上声董、肿韵通押，又或是去声送、宋韵通押。但即使同属仄声，上声和去声最好不要通押。至于入声韵，则更加不能和上声、去声的韵部通押了。

古体诗不必拘泥平仄

在平仄安排上，近体诗讲究“粘”和“对”，古体诗则没有这个要求。

一些学者对古体诗的平仄进行了归纳总结，试图找出一些规律来，这其实没有什么必要，因为随时都可能有反例出现。在这一点上，拗律也是一样的，很难总结出什么规则来。

不过，在近体诗定型之后，人们写古风的时候会在句子的结尾着意使用“平仄平”“仄平仄”“仄仄仄”“平平平”等格式。可以看出，这些都不是近体诗的格式，甚至是近体诗的大忌。这种写作理念是：尽量避免出现律句，以示与近体诗区别。

当然，事情总会有例外，比如写乐府的时候，诗人们往往大量使用律句，且看王安石的《明妃曲》：

> 明妃初出汉宫时。泪湿春风鬓脚垂。低徊顾影无颜色，尚得君王不自持。归来却怪丹青手。入眼平生几曾有。意态由来画不成，当时枉杀毛延寿。一去心知更不归。可怜着尽汉宫衣。寄声欲问塞南事，只有年年鸿雁飞。家人万里传消息。好在毡城莫相忆。君不见咫尺长门闭阿娇，人生失意无南北。

《明妃曲》属于乐府诗，每四句用一个韵部，转韵的时候首句入韵。细看此诗可以发现，大部分句子是高度律化了的，这是诗人的有意安排。

这种作品，一般归为乐府诗里面的一个类别：歌行体。从历代作品的大致情况来看，歌行体有着以下特点：以七言为主；诗题有“歌”或“行”字；四句一转韵（一般是平仄韵交错使用），全诗看起来就像若干首绝句拼接而成；多用律句。

当然，以上情况也只能说是一般情况下如此，实际上歌行体是有许多面目的。譬如张若虚的《春江花月夜》是歌行体的代表作，此诗四句换一个韵，但并非平仄韵交错使用，后半段连续用了四个平声韵——下平十一尤（白云一片去悠悠）、上平十灰（可怜楼上月徘徊）、上平十二文（此时相望不相闻）、下平六麻（昨夜闲潭梦落花）。

白居易《长恨歌》亦是歌行体杰作，此诗并不是四句换韵，而是存在两句用一个韵，以及四句、六句甚至八句用一个韵的情况，体式很灵活。

所以，除了一些不能犯的规矩，古体诗实在没有更多的规律值得我们花时间去总结。

对于今人来说，写古风的时候尽量避开律句，就是最常规的思路。

古绝

前文已经谈到，绝句分律绝和古绝两种。古绝属于古体诗，常押仄声韵，或是句子的平仄不符合近体诗规矩——若是一首绝句不用律句，那么即使它押了平声韵，也应该归入古绝这一类别。

以下作品都属于古绝：

春眠不觉晓。处处闻啼鸟。
夜来风雨声，花落知多少。

——孟浩然《春晓》（押上声韵）

故人西辞黄鹤楼。烟花三月下扬州。

孤帆远影碧空尽，唯见长江天际流。

——李白《黄鹤楼送孟浩然之广陵》(首句“人”字不合律，宜归入古绝类别)

前年渝州杀刺史。今年开州杀刺史。

群盗相随剧虎狼，食人更肯留妻子。

——杜甫《三绝句》(第一、二句韵脚重字)

千山鸟飞绝。万径人踪灭。

孤舟蓑笠翁，独钓寒江雪。

——柳宗元《江雪》(押入声韵)

阿咸从我十日游。遇管城子于虎丘。

有笔可橐不可投。簪笔致身公与侯。

——龚自珍《己亥杂诗》(句句押韵)

对　仗

对仗又称对偶、对子，是针对一联里两句而言的。在各体诗中，律诗要求必须有对仗，位置是在中间两联，其余地方可对可不对。排律亦然，除首尾两联不作对仗要求，其余必须对仗。

对仗需要做到两点：平仄相反（合律）、结构相同。

平仄相反

先说平仄相反。一般来说，对联是以平声字作结的。春节的时候贴春联，有很多人贴错，往往是把仄声字收结的那一句作为下联来使用。为了方便写作，当然不要求上下联每个位置的字都要平仄相反，具体的操作情况如下：

如果是五言或七言的句子对仗，要符合律诗的常规格律；如果是三言的句子对仗，最后一个字必须平仄相反，尽量做到后两个字平仄相反；如果是四言的句子对仗，最后一个字必须平仄相反，尽量做到第二字和第四字平仄相反。

参考对仗：

上联：

> 有志者，事竟成，破釜沉舟，百二秦关终属楚。
> 仄仄仄，仄仄平，仄仄平平，仄仄平平平仄仄。

下联：

> 苦心人，天不负，卧薪尝胆，三千越甲可吞吴。
> 仄平平，平仄仄，仄平平仄，平平仄仄仄平平。

诗的对仗与文言文的对仗不同

在古典文学里，不仅诗有对仗，文和词都有对仗。此外，对仗还可以单独成立（一般称为对联）。文和词的对仗，规则比较宽，参看《滕王阁序》：

关山难越，谁悲失路之人。

萍水相逢，尽是他乡之客。

这个对仗在平仄相反上是没有问题的，但以仄声字“客”作结，且上下联都有一个相同的“之”字，这种做法在诗里是不允许出现的。诗里的对仗，最后一个字必须是平声，且不能使用相同的字进行对仗。

结构相同

所谓结构相同，指的是语法结构相同，比如偏正对偏正，动宾对动宾，主谓对主谓。这意味着在对应的位置上要词性相同，比如名词对名词、形容词对形容词、动词对动词、联绵词对联绵词，这是需要遵守的基本规则。

值得一说的是，在词性这一方面，古汉语有其独特的灵活表现形式，不能完全根据现代汉语的词性去给古人的用语定性，不然会很容易出问题。

比如孟浩然的名作《与诸子登岘山》：

人事有代谢，往来成古今。

江山留胜迹，我辈复登临。

水落鱼梁浅，天寒梦泽深。

羊公碑尚在，读罢泪沾襟。

王力先生在《诗词格律》一书里，把孟浩然这首诗归为“少于两联的对仗”类别。王力先生认为，此诗只有“水落鱼梁浅，天寒梦泽深”一联是对仗的，其余都不对仗。

这个观点有待商榷。事实上，《与诸子登岘山》首联“人事有代谢，往来成古今”是对仗的，此诗属于“偷春格”（下文会讲到），第二句的“往来”，应该理解为名词而不是动词，把这个词拆开来看，每一个字都能与“人事”两字对仗；“有”与“成”对仗，属动词对动词；“代谢”是更替的意思，在这个表述里亦属名词，与“古今”对仗稳当。

梅尧臣的五律《过鸣雁城》：

九月过鸣雁，斜阳上废台。
兵车千载会，桑柘万畴开。
代谢随秋草，英灵化死灰。
我来空咏古，寒鸟有余哀。

第三联“代谢”与“英灵”对仗，是名词对名词。

韦应物的五律《送李二归楚州》：

情人南楚别，复咏在原诗。
忽此嗟歧路，还令泣素丝。
风波朝夕远，音信往来迟。
好去扁舟客，青云何处期。

在这首诗里，如果我们把“往来”看作动词，那么它就无法与“朝夕”对仗了。事实上，这是一首对仗很稳当的律诗。

在判断《与诸子登岘山》对仗情况的时候，王力先生可能觉得，“往来”是动词，与作为名词的“人事”不能对仗，因此得出了此诗只有第三联对仗的结论。

对得“正”不如对得“偏”

律诗的对仗须求稳，但不必刻意求工。

所谓对得稳，是指符合了对仗的基本要求，比如至少要做到：对应位置上的字要词性相同。当我们撰写的对仗已经符合基本要求后，就需要注意一点，那就是尽量不要使用同一个小门类里的词汇进行对仗。

好的对仗，在对得稳、立得住的基础上，最好还要辞断意连，即对句的意思能够与出句相关联，同时又有所延宕。也就是说，对得“正”不如对得“偏”。

王安石的排律《双庙》(见本书第50页)，除首尾两联外，其余都是对仗的，而且是从第二联至第四联，若非细心留意，几乎感觉不到对仗痕迹。例如“就死得处所，至今犹耿光”两句，“就死”和“至今”都是动宾结构；“犹”字在这里其实是“犹有”的约省用法，可以与“得”对仗；“处所”与“耿光”，是名词对名词。这种手笔，把诗的意境写得很开阔，是高水准的对仗。

《后山诗话》说：“宁拙毋巧、宁朴毋华、宁粗毋弱、宁僻毋俗，诗文皆然。”我们写对仗，不妨在这句话上致意。

《诗人玉屑》卷七引《诗苑类格》:

唐上官仪曰："诗有六对：一曰正名对，天地、日月是也；二曰同类对，花叶、草芽是也；三曰连珠对，萧萧、赫赫是也；四曰双声对，黄槐、绿柳是也；五曰叠韵对，彷徨、放旷是也；六曰双拟对，春树、秋池是也。"又曰："诗有八对：一曰的名对，'送酒东南去，迎琴西北来'是也；二曰异类对，'风织池间树，虫穿草上文'是也；三曰双声对，'秋露香佳菊，春风馥丽兰'是也；四曰叠韵对，'放荡千般意，迁延一介心'是也；五曰联绵对，'残河若带，初月如眉'是也；六曰双拟对，'议月眉欺月，论花颊胜花'是也；七曰回文对，'情新因意得，意得逐情新'是也；八曰隔句对，'相思复相忆，夜夜泪沾衣。空欢复空泣，朝朝君未归'是也。"

这段叙述所列的对仗，多不可取，因为对得太"正"，其中"朝朝"对"夜夜"，在意思上几乎没有什么差别。一些朋友写律诗，用"代代"对"年年"，其病与"朝朝"对"夜夜"相同——张若虚《春江花月夜》有"人生代代无穷已，江月年年只相似"，但这不是律诗里的句子。

《声律启蒙》等书列举的对仗，也跟上述对仗的思路相似：

云对雨，雪对风，晚照对晴空。来鸿对去雁，宿鸟对鸣虫。三尺剑、六钧弓，岭北对江东。人间清暑殿，天上广寒宫。两岸晓烟杨柳绿，一园春雨杏花红。两鬓风霜，途次早行之客；一蓑烟雨，溪边晚钓之翁。

这些例子，多是同一小门类里的词汇进行对仗，过于求工，对得正，就反而不好了，因为意脉延展不开，严重者会把两句写得如同双峰并峙，各说各话，没有意脉上的关联。譬如“人间”对“天上”，不能说对得不工，但意境无疑窄了，且这是经常被前人使用的对仗。因此我们写诗的时候，最好避免使用这种对仗。

陈与义的五律《雨》，中二联是非常好的对仗：

沙岸残春雨，茅檐古镇官。
一时花带泪，万里客凭栏。
日晚蔷薇重，楼高燕子寒。
惜无陶谢手，尽力破忧端。

在这首诗里，“一时”与“万里”是时间对空间，“花”和“客”亦不在同一个小门类里面。如果诗人用一种植物与“花”对仗，就跟“人间”对“天上”是同一种做法，难出新意了。第三联“日晚蔷薇重，楼高燕子寒”也是错开门类进行对仗。这种手法是我们可以学习的。

对仗举要

中两联对仗要稳当，是律诗最基本的要求：

花近高楼伤客心。万方多难此登临。
锦江春色来天地，玉垒浮云变古今。
北极朝廷终不改，西山寇盗莫相侵。
可怜后主还祠庙，日暮聊为梁父吟。

——杜甫《登楼》

一首律诗，亦可四联皆对仗：

风急天高猿啸哀。渚清沙白鸟飞回。
无边落木萧萧下，不尽长江滚滚来。
万里悲秋常作客，百年多病独登台。
艰难苦恨繁霜鬓，潦倒新停浊酒杯。

——杜甫《登高》

数字对数字：

七千里外二毛人，十八滩头一叶身。

——苏轼《八月七日初入赣过惶恐滩》（首联对仗）

百年双鬓白，万里一身浮。

——陈师道《送外甥郭大夫夔路提点刑狱》

虚词对虚词：

求之流辈岂易得，行矣关山方独吟。

——李商隐《复至裴明府所居》

公独未知其趣尔，臣今时复一中之。

——苏轼《太守徐君猷通守孟亨之皆不饮酒以诗戏之云》

苟利国家生死以，岂因祸福避趋之。

——林则徐《赴戍登程口占示家人》

结构对不上，但字面对得上亦可：

此日六军同驻马，当时七夕笑牵牛。

——李商隐《马嵬》（驻马，动宾结构。牵牛，即牵牛星）

酒债寻常行处有，人生七十古来稀。

——杜甫《曲江》（此为借对。八尺为寻，倍寻为常。此处借用“寻常”的数量词意思与“七十”对仗，但应以“平常”义解之）

“形容词+名词”，可对以“数词+名词”，初学写诗时，这种对仗尽量少用：

故国山川容静对，一时风雨与俱来。

——黄节《题陈云淙霜钟琴拓本》（民国诗人黄节，其律诗对仗颇多此例，如“一叶枯荣视天下，满楼风雨忆江边”）

专名对专名：

吴宫花草埋幽径，晋代衣冠成古丘。
——李白《登金陵凤凰台》（朝代对朝代）
只有安仁能作诔，何曾宋玉解招魂。
——李商隐《哭刘蕡》（人名对人名）
晚木声酣洞庭野，晴天影抱岳阳楼。
——陈与义《巴丘书事》（地名对地名）

方位对方位：

湘江竹上痕无限，岘首碑前洒几多。
——李商隐《泪》
客子光阴诗卷里，杏花消息雨声中。
——陈与义《怀天经智老因访之》
今岁江南犹有酒，吾曹天下谓能诗。
——方回《九日约冯伯田王俊甫刘元煇》
功高拜将成仙外，才尽回肠荡气中。
——龚自珍《夜坐》

联绵词对联绵词：

坐感岁时歌慷慨，起看天地色凄凉。
——王安石《葛溪驿》（“慷”字平仄两读，平读为

kāng，仄读为 kǎng。此处仄读）

出门便旋风吹面，走马联翩鹊啅人。

——苏轼《出狱次前韵》（“便旋”读音为 biàn xuàn）

叠词对叠词：

漠漠郁金香在臂，亭亭古玉佩当腰。

——龚自珍《秋心》

出句有句中对，对句亦应有句中对：

海压竹枝低复举，风吹山角晦还明。

——陈与义《观雨》（此联的出句里，“低”与“举”相对；在对句里，“晦”与“明”相对）

出句重字，对句亦应重字相对：

座中醉客延醒客，江上晴云杂雨云。

——李商隐《杜工部蜀中离席》

出衙更似居衙苦，愁事堪当异事征。

逢树便停村便宿，与牛同寝豕同兴。

——郑珍《自霑益出宣威入东川》

宋人追求尖新，出句重字（音义不同），对句有不以重字对仗者，此不足为法：

重衾脚冷知霜重，新沐头轻感发稀。

——苏轼《除夕夜宿常州城外》

宋人亦有韵脚重字（不重义）者，此亦不足为法：

早知汝颍多能事，晚以诗书托下僚。
大府礼容宽懒慢，故家文物尚嫖姚。
只将忧患供谈笑，敢望功言答圣朝。
岁历四三仍此地，家余五一见今朝。

——陈师道《赠欧阳叔弼》

虚实结合出好对：

人间别是销魂事，客里春非望远天。

——黄仲则《春日客感》（“人间别”，人间的离别，比较抽象，虚；“客里春”具象，可以感触，实。“销魂事”无形无状，虚；“望远天”具象，实）

对仗贵能跌宕起伏：

合眼风涛移枕上，抚膺家国逼灯前。

——陈三立《晓抵九江作》（由“风涛”到“家国”，从小骤然变大，笔势宕开）

中间两联句式应避免雷同，即：第三句和第五句，词汇搭配的结构要有所不同。否则将导致连续四句的节奏相同，显得单调。前贤诗作多规避这一情况：

平淮初涨水如油。钟阜嵯峨倚上游。
花月即今犹似梦，江山从古不宜秋。
乌啼旧内头全白，客到新亭泪已流。
那更平生感华屋，一时长恸过西州。

——黄景仁《金陵杂感》（此诗中间两联的句式不同。不仅如此，一首合格的律诗，各句应尽量避免句式重复）

由一个字领起的对仗，能增强矫健气息：

年抛造物陶甄外，春在先生杖屦中。
——苏轼《寄题刁景纯藏春坞》

心随汝水春波动，兴与并门夜月高。
——黄庭坚《过平舆怀李子先时在并州》

工对：

凄凉宝剑篇。羁泊欲穷年。
黄叶仍风雨，青楼自管弦。
新知遭薄俗，旧好隔良缘。

心断新丰酒，消愁斗几千。

——李商隐《风雨》(“青”与“黄”同属颜色类，“旧”与“新”是反义词，然而本质上亦属同一门类。此诗对仗过于求工，不免显得板滞，算不上是李商隐的好对仗。另外，中间两联的句式大致相同，节奏缺乏变化，亦是此诗一弊）

对仗大忌：合掌。所谓合掌，即出句、对句都是在说同一个意思。古今有名的律诗，不乏这种“病症”：

蝉噪林逾静，鸟鸣山更幽。

——王籍《入若耶溪》

沉舟侧畔千帆过，病树前头万木春。

——刘禹锡《酬乐天扬州初逢席上见赠》

举眼风光长寂寞，满朝官职独蹉跎。

——白居易《醉赠刘二十八使君》

芳草有情皆碍马，好云无处不遮楼。

——罗隐《魏城逢故人》

具体的字词亦应避免意思相近：

四海为家虽未远，九州多事竟难防。

——罗隐《中元甲子以辛丑驾幸蜀四首》(四海、九州，均属地理类，意思雷同，两句未能宕开。此种对仗应避免）

一生负气成今日，四海无人对夕阳。

——陈寅恪《忆故居》（此处“四海”对“一生”，意思宕开，是好的对仗）

出句与对句，分量要相称：

死忆华亭闻唳鹤，老忧王室泣铜驼。

——李商隐《曲江》（此联使用了“华亭鹤唳”以及“铜驼荆棘”两个典故，都与兴亡有关）

流水对，单独看任何一句，意思都不完整，须上下顺接起来才成一个意思，这种手法能让诗“活”起来：

即从巴峡穿巫峡，便下襄阳向洛阳。

——杜甫《闻官军收河南河北》

如我自观犹可厌，非君谁复肯相寻。

——苏轼《次韵柳子玉过陈绝粮》

但知家里俱无恙，不用书来细作行。

——黄庭坚《新喻道中寄元明》

偷春格，即首联对仗，第二联可放宽甚至不对仗。此不足为法：

城阙辅三秦。风烟望五津。

与君离别意，同是宦游人。

海内存知己，天涯若比邻。
无为在歧路，儿女共沾巾。
——王勃《送杜少府之任蜀州》（首联对仗。“与君”和“同是”，对不上）

扇面对。相邻两联的出句、对句两两对仗。这种做法多为取巧，不足为法：

缥缈巫山女，归来七八年。
殷勤湘水曲，留在十三弦。
苦调吟还出，深情咽不传。
万重云水思，今夜月明前。
——白居易《夜闻筝中弹潇湘送神曲感旧》（“殷勤湘水曲”对“缥缈巫山女”。“留在十三弦”对“归来七八年”）

错综对，亦称交互对、犄角对，错开位置进行对仗。此亦不足为法：

裙拖六幅湘江水，鬓挽巫山一段云。
——李群玉《杜丞相筵中赠美人》

对仗结语

律诗对仗是初学者的一个难题。

一个值得注意的地方是，律诗中间两联诗句，与那些独立存在的对联，不是一回事。

两者的对仗规则是一样的，但在基本规则之外，它们有非常大的区别：对联的两句，在意思上自成一个“圆”；而律诗中间的对仗，往往还需要和前后的诗句配合，才能在意思上成为一个“圆”。

这样一个差异，会导致两者在写法上有很大的不同。

如果你只是想把对联写好，那么可以不用读很多诗，只需要去熟读各种对联就可以了。

反过来说，如果你想写好律诗里的对仗，那么只是看对联、练习对联，是远远不够的。在此之外，你还需要熟读、背诵大量的诗作。要想持续地写出好诗，还需要多读经史作品。

好的对联，不一定是好的诗句。比如“莫放春秋佳日过，最难风雨故人来”是很好的对联，直击人心，然而不是好的诗句，因为写得油了，特别是上联，严格来说难以成为诗句。

反过来看，那些好的诗句，若是从诗里抽出来单独地看，又不一定是好的对联。譬如黄庭坚的“心犹未死杯中物，春不能朱镜里颜”是非常好的诗句，耐人寻味。然而如果你把这两句单独作为对联来看，会发现读得并不过瘾，甚至会觉得不知所云。在这个时候，诗作为整体篇章而存在的重要性就显示出来了。

这也意味着，如果我们想写好律诗里的对仗，不需要“单独立项”（专门练习对仗）并在这件事上花费太多精力，而应该更多地直接写律诗。

律诗写到一定程度，对仗就不是难事了。实际上，对于古人来说，对仗这种事情并不是十分重要的。我们如果总是觉得对仗是一件难事，就很难真正把诗写好。

有朋友问我，在一首律诗里面，什么地方比较难写好？

就我个人的经验来说，刚开始写律诗的时候，会觉得中间对仗很难写好；逐渐上手之后，就觉得最后一联尤其是末句最难写好，因为诗的收结要有远意；写诗多年之后，会越来越发现，在一首律诗里，第一句是最难写的，因为它影响着后面句子的走势。

当然，从本质上来说，诗是没有“什么地方容易写、什么地方难写”这一说法的。要想写好任何一种诗体，都必须有足够的学养支撑，每一个地方的用笔都不宜松懈。

义 法 篇

学诗五义

博爱古今

在学诗的过程中，我们需要具备什么样的阅读眼光？

喜欢古典诗歌的朋友，会非常重视阅读古人的作品。其实，我们想要把诗写好，若只着眼于古人作品是远远不够的，还需要多关注近人乃至今人的作品。

这是因为，写诗这件事，本质上就是在表达自己的生命，所以对于个体来说，无论你喜欢的是汉魏诗歌还是唐诗、宋诗，都可以由自己的喜好来定，但是你所撰写的，必定是自己所处时代的诗歌，而不是汉魏诗歌、唐诗或宋诗。

我们学诗，少不了仿古这个过程，然而如果只是仿古，那就跟制造假古董没有什么分别了。

确立了这样一个认知后，我们就可以发现，那些与自己时代接近的前人作品，许多幽微之处比较容易被我们探知并且共鸣，因为作者距离我们不远，我们可以不那么费力地理解他们的情志。

具体来说，我们要想把诗写好，对于清朝以及民国时期的古典诗歌，乃至于当今诗词界的作品，都有必要去了解。

如果只寓目古人的作品，会容易在写诗方面落下一个毛病：眼高手低。

能够在今天被我们读到的古人诗作，是经历过时间考验后的作品，可以说是精品居多。多接触这些精品，对于写诗来说无疑会有很多益处。

人情莫不贵远贱近，而我们小时候在接受教育的过程中，所读到的诗歌都距离我们时代较远，其中又以唐诗为主。在这样一种惯性之下，我们对唐以后的诗歌很容易缺乏认识，甚至不怎么重视。

唐诗是中国传统文化的璀璨明珠，精品无数。但是需要注意的是，精品之所以成为精品，是由很多因素造成的。历史上有许多动人肺腑的佳作，在技法上未必能够给人助益——在这一点上，天才的作品最具代表性。譬如李白、苏轼、龚自珍，他们的诗作是古典诗歌史上的瑰宝，但是后人之中专门取法他们而有大成的，其实并不算多。

学写古典诗歌，是一个系统工程，要有一个旷日持久的训练过程，这就意味着在方法论上，我们不能采用简单粗暴的法门。

明朝的时候，人们高喊“文必秦汉，诗必盛唐”，意思是说，写文章要取法秦汉，写诗要取法盛唐，卑视盛唐以下的诗。这种手眼，其实就是秉持一些简单的法门。秦汉文章与盛唐诗歌，固然都是极好的作品，明朝人对这些作品的学习也不遗余力，但没有什么用——在历史上，唐诗、宋诗、清诗成了具有独特内涵的名词，可是在今天，并没有作为艺术成就而存在的“明诗”被后人广泛讨论。

好古骛远是国人顽疾，有人甚至觉得，唐朝的诗都不够好了，要学就学汉魏古诗，甚至是直接取法《诗经》，余者不足取。

其实，从根本上说，无论你是宗法汉魏古诗还是《诗经》，都是没有问题的，因为喜欢什么样的诗歌，取决于各人的性情。问题出在对后世诗歌持鄙薄态度，搞闭关自守。持这种观点的人，往往不会有多大的创作成就。

从四言的《诗经》，一变而为以五言为主的汉魏古诗，从汉魏古诗一变而至唐诗，从唐诗再变为宋诗，都是因为诗歌发展之势，到了不得不变的时候。而且这种变化并非以新代旧，而是齐头并进。唐代出现了近体诗，但唐代古体诗的成就，只会比唐代近体诗高。

在这些新旧相仍的过程里，凝结了许多才俊的心血。如果将这些努力一笔抹杀而说专宗《诗经》，这种做法不是“尊古”，而是愚妄。

说白了，卑视唐以后作品的主张，骨子里还是功利心态在作祟，因为更久远之前的作品声誉更隆，可以借来为自己增长声价。我们看到，在古典诗歌领域里面，挟《诗经》或汉魏古诗来号令天下的大有人在。另一个常见的做法，是挟唐诗以号令天下，这同样也是因为唐诗拥有很大的名气。

然而，我们有必要问一句：一味推崇那些声名显赫时代的作品，是否能够帮助人把诗写好？这个因果关系，能否直接建立起来？答案是显然的：不能。

逻辑很简单：有这么一个人，号称自己有洁癖，这能说明此人就是洁净的吗？同样不能。此人只有勤于收拾，才能真正做到洁净。

所以，那些高峻的取诗观点，除了助长人的骄矜之气，其实别无他用。一个真正的诗人，应该像杜甫一样，有着“不薄今人爱古人，清词丽句必为邻”的襟怀，博爱古今诗人，如此才能为自己打开大门，广纳世间好文字，然后帮助自己写出好文字。

先正后变

这里主要涉及两方面内容：一、选取什么时代的诗歌进行学习；二、选取什么样的诗家进行学习。

先讲第一方面：选取哪些时代的诗歌进行学习？

有了博爱古今诗人的襟怀之后，我们还需要确立一个范围，作为阅读与取法的立足点。历朝历代的诗那么多，每个人的生命都有限，除了学诗，我们还有许多重要的事情去做，不可能对历代的诗都去熟悉。实际上，若非专门的学者，也不需要强行做到这一点。

如前所述，今人学诗，有几个主要的取法范围：《诗经》《楚辞》，汉魏古诗（包括汉朝至隋朝的诗歌形态），唐诗，宋诗，清诗（包括晚清民国诗）。

取法《诗经》《楚辞》或汉魏古诗，走的是高古之路。清人汪中、近人章太炎以汉魏古诗为主要的学习对象，就是走高古之路。

以清诗或晚清民国诗为取法对象的做法，就是走浅近之路。

取诗的路径要尽量宽正，避免狭窄。

高古之路其实是未尝不可以走的，但不能专走，因为这是一条窄路。从学习清诗或晚清民国诗入手，则是一条不会有太大过失的路，但也不算宽路，因为清诗能够有较高地位，主要是受了唐宋诗的沾溉，我们即使从师法清诗入手，一段时间之后，仍然需要上溯唐宋诗。

兼取唐宋诗，是一条宽正的学诗之路。

唐宋诗既集纳了此前中国诗歌的精华（主要体现在古体诗里），又开出了新的体式（近体诗），同时发展出了许多新颖的写法（以古为律、琐事入诗等），方面广大，一直笼罩后世。直至今日，我们要想把诗写好，仍然需要仔细研习唐宋诗的矩矱。

在唐宋诗这个大类里面，尤其要注意长期被忽略的宋诗。

晚清民国时期的陈三立、郑孝胥、黄节等大家，七律写得非常好，让人看到即使在这个已经极其成熟的体裁里，仍然可以有许多变化。

我们来看看黄节的诗：

亡国之音怨有思。我诗如此殆天为。

欲穷世事传他日，难写人间尽短诗。
习苦蓼虫惟不徙，食肥芦雁得无危。
伤心群贼言经国，孰谓诗能见我悲。

——《我诗》

这首诗作于1932年。黄节是著名学者，与章太炎是好友，在革命党阵营里有“章文黄诗”之称。革命烽火过去之后，清朝是灭亡了，但中国的形势并未好转，甚至更加混乱。黄节亲睹世事，非常失望，此诗作于他的晚年，也有总结自己一生诗歌创作的意味。

第三联里用了两个典故。《楚辞》：“蓼虫不知徙乎葵菜。”王逸注：“蓼虫处辛烈，食苦恶，不能知徙于葵菜，食甘美，终以困苦而臞瘦也。”崔豹《古今注·鸟兽》说：“雁自河北渡江南，瘠瘦能高飞，不畏缯缴。江南沃饶，每至还河北，体肥不能高飞，恐为虞人所获，尝衔芦长数寸，以防缯缴焉。”

黄节诗里的“蓼虫”“芦雁”，或是作者自喻，或是比喻那些辛勤本分却备受盘剥的人。“习苦蓼虫惟不徙，食肥芦雁得无危”是说，生在蓼上的虫已经习惯了苦味，不会迁徙到其他地方去，因为在这样的环境下，迁徙也没有用啊——君不见，那些因迁徙而吃肥了的雁，飞得不高，为了让自己不被猎人的缯缴所伤，会在口里衔着芦草飞翔，可是这样就能让自己避开危险了吗？

是谁导致环境成了这个样子？最后一联给出了答案：那些窃取国家财富的人，常常说一些经世济民的话，谁说我的诗能够写出自己内心的深重悲哀呢？

黄节在诗学上推崇宋人陈师道，《我诗》清健味道，与陈师道诗有相近之处：

> 登高能赋属吾侪。不用传杯击钵催。
> 九日风光堪落帽，中年怀抱更登台。
> 江山信美因人胜，黄菊逢辰满意开。
> 二谢风流今复见，千年留句待君来。
>
> ——《和李使君九日登戏马台》

黄节学陈师道，可谓形神俱似，甚至陈师道律诗的对仗粗放之处（如“江山”对“黄菊”就不完全稳当，“黄菊”又作“萸菊”，就稳当了），在黄节的诗里也有体现（如“世事”对“人间”）。

这只是近人学宋有得的一个例子。在宋诗里面，还有大量可供取法的源泉，值得我们去深探。

清人章学诚《文史通义》说：“学者不可无宗主，而必不可有门户。”（内篇五《浙东学术》）在学诗之路上，我们也需要有这样的思维：学诗不可有门户，但不能没有宗主。

当下诗坛的作品，如果从数量上来看，其实可以算得上是繁荣的。不过，当代诗歌整体水平偏低是一个无可否认的事实，最常见的弊病是：文胜于质，下笔枝蔓，没有家数。

要解决这一弊病，还需要在唐宋诗里面汲取营养。

诗分唐宋，是中国诗歌史上极其重要（甚至可以说是最重要）的一个议题，学诗者不可不知。关于唐宋诗的分别，可参考钱锺书先生的《谈艺录》、缪钺先生的《论宋诗》(收录在《古典文学论丛》),以及齐治平先生的《唐宋诗之争概述》。拙著《唐宋诗会意》,也对唐宋诗进行了一些讨论,有兴趣的朋友不妨一览。

要以言之,无论在诗学观上宗唐还是宗宋,都可各依己性去选择,但要注意的是,唐宋诗不是势同水火的存在,不应是此非彼。我常向朋友们推举宋诗,并非因为这是自己的个人喜好,而是这些年的经历与见闻让我觉得,在这个文胜质的时代里,有必要注重一下质胜文的宋诗。宗仰宋诗,曾经帮助我快速拨开思想上的各种枝叶,直探诗的主干:如何用一种古老的方式,表达当下的生命状态。

当然了,所谓唐诗、宋诗,本质上都只是方便论说的名词而已。无论我们在任何一条道路上行走,都不要忘记了:好诗,是不分唐宋的。

现在,我们再缩小一些范围。因为无论是单独看唐诗,还是单独看宋诗,都是非常宽泛的概念。具体点说,我们应该选取哪些诗家进行效法?

我的诗学于中山大学教授陈沚斋先生,先生曾语我:"学诗,唐是不能丢的。另外,要取法风格多元的诗家,尽量不要模仿那些特征太明显的人。"

在多年的学诗过程里,我对先生的这个建议,有了更加细致的体悟:这个理念,不是将那些风格明显的诗家拒之门外,而是先教人打下一个正大的基座,日后追求一些变化的时候会更加从容。

喜欢什么样的诗家，跟喜欢哪个时代的诗一样，都是由每个人的性情决定的，不必人人皆同，也不可能人人相同。

比如李白和杜甫，两人的风格极其不同，有人喜欢李白，有人喜欢杜甫，这是没有优劣、对错之分的。欧阳修不喜欢杜诗，这并不妨碍他能够写出好诗；苏轼不喜欢司马迁，也没有妨碍他写出好文。

不过，阅读的偏好，与取法对象的选择又不能完全等同。在选择取法对象的时候，还是最好选取一些风格多元的诗家。这样的路径，比较宽正，也是古人常见的做法。

我们看到，在唐朝之后，赞美杜甫的人未必比赞美李白的多，但学习杜甫的人一定比学习李白的多。这不能说明杜诗比李诗好，而是因为杜诗的风格与内容比李诗多元。

同理，李商隐诗受李贺的影响很大，但是在唐朝之后，效法李商隐写诗的人比效法李贺的人要多。这也是因为李商隐的作品风格多元、面目广大，既有梦幻迷离的无题诗，又有沉雄苍劲的作品（《韩碑》《筹笔驿》等），集子里各体诗的水平也比较均衡，除了七古稍弱一些，其他体裁都有相当数量的杰作，为后人提供了许多坚实的学习凭依。

至于李贺，跟李白一样都是绝世天才，作品的弊病也相同，无论是体裁还是题材，抑或是语言风格，丰富性都不够。他们属于特征非常明显的诗家，作品非常好，但是我们在入门的时候，要慎重效法这种类型的诗家。

确切来说，像李白、李贺这样的诗家，不是不可以学，每一位诗家都是圆颅方趾的人，所以天下并没有不能学的诗家，古人过于强调哪些人可学、哪些人不可学，有时不免拘迂。我们需要注意的是，不能专力去学这些风格独特的人，因为他们的棱角太显眼，我们非常容易学得像样子，得来太容易，从长远看并不是一件好事，毕竟这种所得很大程度上是很浅层的。

唐宋时期的诗人当中，杜甫、李商隐、王安石、陈与义，都是属于风格比较多样的诗人，他们的作品兼具深沉的诗意以及清词丽句。我们初学写诗，可取法这一类诗家，研习一两年以上，再根据自己的喜好选取其他诗家进行学习。由于此前已经有了比较宽广的基础，所以之后即使尝试走一些风格奇险的路子，也能确保我们不会有大的过失。

这种学诗次第，就是“先正后变”，就跟写作七律一样，当我们的正格写作尚未熟练的时候，尽量不要尝试破格（拗救、三仄尾、孤雁出群、拗律）。在熟练之后，就可以追求一些新变。转益多师是汝师，要想自己的文字耐看，取法多家是必然的。

能者居先

在读诗的同时，我们还会碰到许多诗论。

在历史上，论诗的文字可谓多如牛毛，令人眼花缭乱，如何选择，就成了一个头等问题。

《沧浪诗话》是古代的经典诗话，此书开宗明义，标出作者严羽认为的学诗正路：

> 夫学诗者以识为主，入门须正，立志须高；以汉、魏、晋、盛唐为师，不作开元、天宝以下人物。若自退

> 屈，即有下劣诗魔入其肺腑之间，由立志之不高也。行有未至，可加工力；路头一差，愈骛愈远。由入门之不正也。故曰：学其上，仅得其中；学其中，斯为下矣。

严羽认为，学诗之人应当着眼于时代久远（盛唐及盛唐之前）的作品，最后以盛唐为宗：

> 先须熟读《楚辞》，朝夕讽咏以为之本。及读《古诗十九首》、乐府四篇，李陵、苏武、汉魏五言皆须熟读，即以李、杜二集枕藉观之，如今人之治经。然后博取盛唐名家，酝酿胸中，久之自然悟入。虽学之不至，亦不失正路。

这番论述里说的"学其上，仅得其中；学其中，斯为下矣"，其实不只是他的主张，而是古代许多学者的一个共识。

然而，现实情况真是这样吗？未必。甚至可以说，恰恰相反。能最有力地说明这一点的，就是严羽本人并没有什么诗作被后人传诵。

一般来说，一个人的诗作不被后人传诵，并不意味着他的作品不好，也可能是因为他的诗风不适合传播，这方面的典型例子是晚清民国大诗人陈三立。在今天，陈三立的诗作最为大家记得的可能还是这两句："凭栏一片风云气，来作神州袖手人。"但这绝不能说明他的诗作水平不高，而是因为他的诗歌风格不属于容易上口的类型。事实上，在高手如云的晚清民国时期，陈三立是当时公认的诗坛巨擘。

不过，严羽没有诗作传世的情况，不属于陈三立这种类型，而是因为他的诗，水平实在令人难以恭维。我们来读一下他的作品：

天际晴霞欲变春。高楼分手泪沾巾。
荆吴渺渺孤舟远，江海悠悠白发新。
万事蹉跎堪更问，十年离别亦何频。
江村几处梅花发，明日相思是旅人。

——《再送赖成之出都》

梦向三江买钓船。挂帆西去白云边。
窗开晓色香炉现，门落寒声瀑布悬。
百年酒兴陶彭泽，四海诗名孟浩然。
何日真寻尘外迹，焚香酌茗话先贤。

——《寄郭招甫时在浔阳》

这两首诗在技术上是非常粗糙的。《再送赖成之出都》，“荆吴渺渺孤舟远，江海悠悠白发新”，上句既用“孤舟”一词，下句“江海”就属于辞费了，第七句“江村”重了“江”字。《寄郭招甫时在浔阳》的后四句如同白开水般了无余味，第三联写了陶渊明和孟浩然两位先贤，末句又说“话先贤”，语句欠缺锤炼如此。

此外，在字数极其简约的律诗里面，严羽还喜欢重复使用“悠悠”“渺渺”这些叠词，作为一位有着充分理论自信的诗论家，在写诗这件事上，也实在太不讲究了。

陈衍的《宋诗精华录》一书，收录了严羽的《和上官伟长芜城晚眺》：

> 平芜古堞暮萧条。归思凭高黯未消。
> 京口寒烟鸦外灭，历阳秋色雁边遥。
> 晴江木落长疑雨，暗浦风多欲上潮。
> 惆怅此时频极目，江南江北路迢迢。

对于这首七律，陈衍评价说：

> 沧浪有《诗话》，论诗甚高，以禅为喻，而所造不过如此，专宗王、孟者，囿于思想，短于才力也。即如此首三四，“鸦外”“雁边”，意分一近一远，终嫌两鸟无大界限。

陈衍所言极是。律诗的对仗里，两句意脉应有延宕之势，而“鸦外”“雁边”两鸟对仗，就胶着而成一团。同样的弊病，也出现在上引“窗开晓色香炉现，门落寒声瀑布悬”一联里，“窗开”与“门落”对仗，笔端在一个小门类里打转，未能宕开。

总体上看，严羽的诗作不能算拙劣，但绝对不能算好，平庸是其主色，其诗基本上和上引的作品相似：变着法子编织各种熟语，在整体诗意上也比较寡淡。

所以，抛开所谓学术研究的需要来看，《沧浪诗话》所标举的创作论，其实是十分可疑的，因为作者本身的诗作就没有信服力。

严羽应该是践行其诗学主张的第一人，如果其作品并未在历史上证明是成功的，那么其理论的价值不宜过高估计。

所以，我们在碰到各种论诗的文字时，先不要忙着全盘接纳，而应该记住“尽信书不如无书”这一古训，然后仔细考究议论者自身的诗作水平如何。

如果论者诗作的水平过关，那么他们的诗论就需要重视；如果诗作水平不过关，那也不意味着其诗论没有价值，只不过我们可以将之放到不那么重要的位置上对待。

这就是判断诗论价值的一个基本原则：能者居先。写诗很好的人，其诗论往往较具价值。

当然了，我们在实际操作的过程中还需要提醒自己，不要被个人好恶所蒙蔽。打个比方：假如我们不喜欢王维、白居易这样的诗风，但这并不妨碍他们是历史上公认的有着巨大影响的诗人，如果他们有诗论传世，我们应该重视——至于是否同意他们的观点，则是另一回事了。

摹古成己

先说摹古。

我们经常会听到这样一种观点：在传统的学问当中，经学最高，史学和子学次之，文学则更次之。

这种观点很浅薄，基本上是耳食之论，没有讨论的价值。

比如，朱子的学问够大了，可是你看他的诗尤其是五言古体诗，写得非常好，足见他对诗的重视程度。再如晚清民国学者张尔田先生，学问深厚，他写信给钱仲联先生说："弟少年治考据，亦尝持一种议论，以为一命文人，便不足观。今老矣，始知文学之可贵，在各种学术中，实当为第一。"

前贤的观点，值得我们思量。为什么诗重要？并不仅仅因为它是文学里的大宗，更因为诗本性情，超越于你的学问与思想之上，直接展现的是你的生命。

学问可以装饰，然而诗却是装饰不得的，像黄庭坚的"黄流不解涴明月，碧树为我生凉秋"，不是心性高洁之人，写不出这种诗。

同时，诗又关乎美。在历史长河里，学问可能会过时，然而诗所展现的生命之美，是不会跟随时间、形势的变更而磨灭的。

比如杜甫，古人常称赞他忠君爱民，我们现在不讲忠君了，然而杜甫的诗依旧岿然耸立，价值丝毫不减，这是因为，杜诗是雄浑生命力的结晶，例如《登楼》一诗，写的是时势之悲，但激荡在里面的，却是刚健阔大之美，这种美在任何时代都有绝高的价值。我们今天的生活与杜甫那时候相比，可谓天差地别，但我们读到"锦江春色来天地，玉垒浮云变古今"时，一样觉得震撼，这就是美的力量。

在今天，我们用智能手机、坐飞机、乘高铁，该怎样用诗来表达自己？

有人认为，时代不同了，古老的诗需要革命，要与现代生活相融，因此古人的格律、词汇、文法等要素，都要改变了。

这也是浅浮言论。所谓的智能手机、飞机、高铁，都只是人生浅层的元素，经常会变动。如果我们今天流行坐飞机，作品就一定要有所展现的话，那么明天改为流行坐火箭，是不是又要对文学进行革命了？世界天天变，你就得天天革命，作品还有什么价值可言呢？

我们应当看到，在人生的深层，有一些古今不变的元素，比如情感，我们与古人并没有什么不同，都会在这个世界上感到愤怒、悲伤、喜悦、绝望；此外，我们的志怀，跟古人也没有什么不同，都希望拥有一个更好的世界。

古人写诗，重视表现这些不变的人生元素，而不是一味主张紧贴着时代特征去写作。比如宋人的生活中有轿子，但在那些广为传诵的宋诗名作里并没有体现出来。

如何表达情感与志怀，古人已经为我们提供了取之不尽、用之不竭的资源，关键在于我们掌握了多少。同时，古人也以实际的创作，为我们指出了一条极其广阔的道路，这就是规摹古雅之路。

陈沚斋先生曾向我荐读王国维的《古雅之在美学上之位置》一文，这篇文章说："艺术中古雅之部分，不必尽俟天才，而亦得以人力致之。苟其人格诚高，学问诚博，则虽无艺术上之天才者，其制作亦不失为古雅。"

王国维此文谈了这样一个意见：世间的美学作品，主要是由天才创造的，但普通人也绝非没有希望，可以通过摹古这一做法，做出古雅的作品，达到与天才相提并论的程度。

这个看法，其实也不是王国维的一己之见，历代的贤者都是这么做的。

按照我的理解，所谓摹古，是指遵用古人的词汇、格律、文法，像古人那样去写诗。就古人而言，他们也是通过这个模仿前贤的过程，将自己与前贤接通。一条绵延不断的文脉就此形成。

摹古并非向古人俯首称臣，因为我们表达的是自家的情志。孔子说："古之学者为己。"写诗就是"为己"之学，本质上是展现我们的生命，如果动笔就存心与人比较，所成的作品也就不足道了。

宋人学习唐人，但宋诗的成就并不被唐诗所限。宋朝以后，人们关于"唐宋诗孰优孰劣"这个话题争论不休，这些争论孰是孰非先不管，它本身恰恰就是唐诗不能笼罩宋诗的明证。

再说出新。

摹古与出新，并不是矛盾的关系。

一首好诗，归根结底还是需要有新意的，如果没有，那么此诗不作可也。其实，不止是诗，世间的一切好文字，都应该本于这样的想法而产生，即使文字里的核心内容是旧的（毕竟太阳底下无新事，这个世界上也没有多少真正原创的思想或情感），但还是应该要有新的陈述方式。

一些人在写诗文的时候，喜欢自造新词。这种做法的利弊是明显的：做得好了，就属于古人所说的"自铸伟词"，成就一个美谈；做得不好，就是在闹笑话，毕竟这种做法与胡改乱涂只差了一线，不是写作的常道。别忘了，"自铸伟词"这个说法能成立的前提：铸造的是伟词。

问题在于，这个世界哪里会有那么多的伟词呢？

黄遵宪、梁启超等人曾经发起了一场“诗界革命”，把当时新兴的词汇融入古典诗歌里面，引领一时风尚，但这场革命最终还是归于失败，并未能给后来的写作者带来多少裨益。直到今天，人们学写古典诗歌，使用古典词汇进行创作仍然是主流做法。

为什么会这样？原因很简单：古典诗歌是“旧物”，使用“旧规则”来创作“旧物”，是题中应有之义。除非有新的诗歌体制产生，比如出现了一种既不属于古体诗、又不属于近体诗的体裁，那么就可以使用新的词汇进行创作。

所以，在古典诗歌的写作过程中，一个常见的做法是：前贤用过的表述，我们都能用；前贤没有用过的表述，我们要慎用，如果非用不可，那么就需要有一种不得不如此做的理由。

在处理摹古与出新的关系时，苏轼的这个故事，值得我们仔细玩味。

《刑赏忠厚之至论》是苏轼一篇科场应试文章，文中有这么一段话：

> 当尧之时，皋陶为士，将杀人，皋陶曰“杀之”三，尧曰“宥之”三。

尧与皋陶的这番对话，不见于经史记载。当时的主考官是欧阳修，考试揭榜后，他问苏轼这段文字出自何处，苏轼回答：“何须出处。”

这是一个著名的回答。许多人称赞苏轼这个举动，包括欧阳修也赞赏其豪迈。这些态度，自然是鼓励人们要敢于蔑视陈规，心中要有一些超越性的力量，用意是好的。

陈规固然是需要破的，不过关于“何须出处”这个故事，我们还需要听取更多的声音：

> 欧公作省试知举，得东坡之文惊喜，欲取为第一人，又疑其是门人曾子固之文，恐招物议，抑为第二。
>
> 坡来谢，欧公问坡所作《刑赏忠厚之至论》，有“皋陶曰‘杀之’三，尧曰‘宥之’三”，此见何书？
>
> 坡曰：“事在《三国志·孔融传》注。”
>
> 欧退而阅之，无有，他日再问坡。
>
> 坡云：“曹操灭袁绍，以袁熙妻赐子丕。孔融曰：‘昔武王伐纣，以妲己赐周公。’操惊问何经见。融曰：‘以今日之事观之，意其如此。’尧、皋陶之事，某亦意其如此。”
>
> 欧退而大惊曰：“此人可谓善读书，善用书，他日文章必独步天下。”
>
> 然予尝思之，《礼记》云：“狱成，有司告于王。王曰‘宥之’，有司曰‘在辟’。王又曰‘宥之’，有司又曰‘在辟’。三宥不对，走出，致刑于甸人。”坡虽用孔融意，然亦用《礼记》故事，其称王谓王三皆然，安知此典故不出尧。
>
> ——杨万里《诚斋诗话》

实际上，《三国志》并没有孔融传，上引孔融与曹操的对话见于《后汉书》。细看上文，我们可以知道苏轼气概之大、应对之敏，也可以看见杨万里思想之缜密。其实，所谓“何须出处”只是表面上的说法，在苏轼这个写作行为的背后，有着重要文献作为支撑——近有史书典故，远有《礼记》的记载，也就是说，“何须出处”的背后其实还是有出处的，只是常人不易发觉而已。

天才如苏轼，尚且摹古以出新，况我辈凡夫俗子乎？

功夫为重

学诗之路上，“功夫”远远重要过“见解”。

2018年夏天，我和一位朋友因事来到广州某高校，在教学楼走廊上行走的时候，看到一些学生在上课。我们放慢脚步，看了一眼课室里的幻灯片，是文科方面的课程。看着这个情景，朋友忽然来了一个感慨：“学生可能不知道，他们在学校花了那么多时间精力学的东西，很多都在外面派不上用场。”

我同意这个说法，并且补上了这样一个事实：“而且是老师教得特别认真，学生学得特别虔诚。”当然了，以上的认知，是针对我和朋友所受过的文学教育而言，或许不适用于其他学科。

高校的文学教育，有一个显著的特点，那就是功夫不上身，最明显的一点，就是不重视各种文体的写作。不仅如此，不少中文系的主持者，多年来更是祭出了“中文系不培养作家”的大旗。

好吧，不培养作家，那应该是培养研究者了。然而，创作与研究是对立关系吗？退一万步说，即使创作与研究截然两途，但在中文系的本科毕业生里，有几个人是去做研究的？

于是，在不提倡写作的环境里，中文系学生东一榔头西一棒子地学一些文学史，谈论起文学来头头是道，至于写作方面的功夫则多不上身。最常见的一个情况是，上过古代文学史课的人不少，却鲜有人能写出平仄无误的对联。

也不能怪高校，毕竟我们了解古诗文的途径，除了看文学史，就是阅读鉴赏文章。读鉴赏文章不是一件坏事，因为可以激发兴趣，但这不是在做功夫，而是在获取见解。在这个过程中，我们容易忽略这一点：鉴赏更多是说作品的好话，我们想要从中知道作品之失，并不容易。

比如，李白有一首《渡荆门送别》：

渡远荆门外，来从楚国游。
山随平野尽，江入大荒流。
月下飞天镜，云生结海楼。
仍怜故乡水，万里送行舟。

对于此诗，古今论者多是大发叹赏之声，他们不会告诉你，诗里“山、江、月、云”等字，是古人诗中的高频景语，不宜如此堆砌使用。要之，李白这首作品或许是好诗，但不无轻率之病。

杜甫有一首《旅夜书怀》：

细草微风岸，危樯独夜舟。

星垂平野阔，月涌大江流。
名岂文章著，官因老病休。
飘飘何所似，天地一沙鸥。

此诗情景与《渡荆门送别》有几分相似，但是如果我们学过写诗，就会很容易发现，在整体布局上，此诗要比李白考究，至少不会密集使用那些常见景语。前人多是谈论“山随平野尽，江入大荒流”和“星垂平野阔，月涌大江流”两联的优劣，甚是无谓。

这不是对李杜分高下，而是说，我们学习文学，若只知道作品的好是不够的，还需要知道作品的不好。对于以文学为专业的人来说，做到熟谙文学作品之得失，不是奢侈的要求，要做到这一点，最好的办法就是自己动手去写作。

对有志于掌握写诗的人来说，勤于练笔，当然就是题中应有之义了。近年来，高校里会写古诗文的青年学子渐渐多了起来，这是一个好现象。

简言之，见解人人都有，不难学到，但功夫不易习得，也正因为不易，所以才可贵。从另一方面看，由功夫支撑起来的见解，会更有说服力一些。

功夫有很多种，在古诗文学习上，不外乎“写作”与“记诵”两项。写作需要热情，而热情是时高时低的，需要自己去提振。当写作冲动实在不是很强烈的时候，也不必勉强，可以暂时停写一段时间。大诗人如龚自珍也戒过诗，尽管他戒诗是有其他方面的原因，但这起码帮助我们认识到：没有必要因为一段时间写不出满意的作品而烦恼，可以停一停笔。

但是，无论我们处于什么样的写作状态，最好都不要落下“记诵”这件事。记诵能让他人的好作品上自己的口、进自己的脑，也属于功夫上身。所以，我们在学习古诗文的时候，要多记诵甚至是吟诵作品，把这个做法形成习惯，时间一长，腹笥自丰。当提笔写作的时候，可资取用的库存就非常可观了。

如今科技发达，我们在写作的时候，可以使用强大的数据库。但是通过查阅得来的词句与记诵在心的诗文，哪个才是真正的“吾家旧物”？相信每一个人心里都很清楚。

如果说学写古诗文最基础、也是最重要的功夫是记诵，这话一点也不过分。可别小看这个不起眼的记诵之功，很多专业研究者都未必有呢。

当自己心中有所感触的时候，那么，动笔写作吧。

写诗没有捷径，但有门径

先繁后简

所谓门径，是指我们在学诗的过程中，遵循一定的方法或顺序进行练习。

先繁后简，是学诗的第一个门径。这里说的繁简，是就诗的规则而言的。

也就是说，在各体诗的写作学习上，其顺序可以这样（这里说的是“可以”，不是“必须”）：

从0到1这个阶段，可以写一些五绝以熟悉诗的表达；快速过渡到律诗的写作（先五律还是七律，视各人的喜好而定）；五古的写作（从不换韵到换韵，从短制到长篇）；七古的写作（从不换韵到换韵，从短制到长篇）；绝句的写作（七绝要慎作）。

学诗为什么从律诗开始？原因很简单：律诗的规矩多。至于从五律入还是七律入，则视乎各人的条件与兴趣而定。古人多从五律入，而今人从七律起步也未尝不可。

从七律入手，利弊都是很明显的。弊端在于，七律在词汇量以及文言语感方面对作者的要求更高，如果学习了一段时间无进展，容易让人气馁。

不过说到底，究竟先从五律入还是从七律入，并无定法，视各人爱好决定。我本人是一上手就写七律，我教过的青年学子，绝大多数在大学本科阶段开始学写诗，他们也是从七律入手，其后的进展并没有什么问题。

其实，律诗里面那些繁多的规矩，在本质上是帮助人的。七律比五律难写，然而只要我们一写古风就知道，古风的规矩虽然比七律少，却比七律更难写好。这个时候，就涉及学诗的第二个步骤：写古体诗，尤其是要写与近体诗区分度较高的古风。

如果一个人长期写近体诗，一旦让他写古风，往往会显得无所适从。这种情况就跟一个长期受到严格限制的人，骤然来到一个完全没有限制的地方，那时他的表现，不是欣喜若狂，而是茫然不知所措。

入手写古风的时候，所遇到的一个难点就是气息不绵密，意脉容易中辍。这种情况的出现跟腹笥未丰有很大关系。所以刚开始的时候，不妨多写一些不换韵的短制古风，具体可参看韩愈的《山石》，甚至篇幅还可以比《山石》再短一些。古风并不意味着非要篇幅长不可，如果辛苦写出来的是肥辞瘠义之作，那么这样的写作实践不值得去做，还不如拿这些精力多读几篇古人的佳制。

通过写作不换韵的短制古风，能帮助我们快速熟悉该体裁的特性，其后我们就可以谋求更多的变化，去写作一些换韵较多的古风了。

从另外一种角度看，正是因为古风不容易写，所以我们更加不应该畏难。在学诗的过程中，我们应当经常这样提醒自己：不要把力气都用在写近体诗上，当我们能够写出一首稳当的七律时，就可以开始学写古体诗了。

事实上，如果我们只是着眼于近体诗的阅读与写作，是难以把近体诗写得好的。宋人近体诗比唐人有了新的进展，就得力于借鉴了古风的写法（以古为律）。如果我们真正花了力气去练习古风，那么对于近体诗创作会有非常好的助益。

写古风的时候，可以先从五古入手。如同七言与律诗是绝配一样，五言也是最适合与古风相配的体制。先写五古的另一个原因是，初学者积累的词汇量不算多，如果强行写七古，难免左支右绌甚至是举鼎绝膑。

五古诗句，越质朴就越有力量，参看王安石的《秃山》：

吏役沧海上，瞻山一停舟。怪此秃谁使，乡人语其由。一狙山上鸣，一狙从之游。相匹乃生子，子众孙还稠。山中草木盛，根实始易求。攀挽上极高，屈曲亦穷幽。众狙各丰肥，山乃尽侵牟。攘争取一饱，岂暇议藏收。大狙尚自苦，小狙亦已愁。稍稍受咋啮，一毛不得留。狙虽巧过人，不善操锄耰。所嗜在果谷，得之常以偷。嗟此海山中，四顾无所投。生生未云已，岁晚将安谋。

此诗讲述了一个“猴岛”的故事：在一个小岛上，本来物产丰富，但是在猴子聚集此地之后，在贪欲的驱使以及没有储藏意识及生产能力的情况下，它们不断蚕食岛上的食物，令原本食物丰富的海山一变而为空荡荡的秃山。这首诗表面上写动物，实际上是写人，似乎在刺人群中的蠹虫（例如贪官污吏）。

我们写古风的时候，需要着意练习这种质朴的叙述，杂以古文句法，以培养出醇厚的诗力来。

当然了，凡事都不必有定式。也有一些诗人的五古，语句并不质朴，而是笔势流动，甚至显得有些“漂亮”，也是很好的诗。比如苏轼的五古，风格大体上是清雄的，且来看他的《寒食雨》：

自我来黄州，已过三寒食。年年欲惜春，春去不容惜。今年又苦雨，两月秋萧瑟。卧闻海棠花，泥污燕脂雪。暗中偷负去，夜半真有力。何殊病少年，病起头已白。

这种调性，我们也可以效法。但要注意的是，语句飞扬的五古其实更难写好，我们如果没有苏轼那种深沉的情感作为支撑，就会容易把诗“写油”，迹近歌行体，而更适合歌行体的格式是七言。

总而言之，语言质朴甚至不妨有些“笨拙”，是五古的调性。五言乐府亦可如此，例如杜甫的《义鹘行》，全诗语言质朴苍劲：

阴崖有苍鹰，养子黑柏颠。白蛇登其巢，吞噬恣朝餐。雄飞远求食，雌者鸣辛酸。力强不可制，黄口无半存。其父从西归，翻身入长烟。斯须领健鹘，痛愤寄所宣。斗上捩孤影，嗷哮来九天。修鳞脱远枝，巨颡坼老拳。高空得蹭蹬，短草辞蜿蜒。折尾能一掉，饱肠皆已穿。生虽灭众雏，死亦垂千年。物情有报复，快意贵目前。兹实鸷鸟最，急难心炯然。功成失所往，用舍何其贤。近经潏水湄，此事樵夫传。飘萧觉素发，凛欲冲儒冠。人生许与分，只在顾盼间。聊为义鹘行，用激壮士肝。

这首诗讲述了诗人从樵夫那里听来的故事：白蛇趁雄鹰外出觅食的时候，偷袭鹰巢，吃掉了鹰的子女；雄鹰回来得悉情况后，向鹘求助；鹘行侠仗义，马上杀死白蛇，帮鹰报了仇。此诗劲力透纸，简直就是一篇有韵的《史记·游侠列传》。

至于七古，由于节奏长于五古，表现方法的丰富程度大大增加，对行气流畅的要求也就更高。大体来说，七古可以俊逸，可以沉雄，也可以苍劲。俊逸看李白，沉雄看杜甫，苍劲看韩愈。这三位诗家的七古都是极堪注目以及比对的。

无论古风还是乐府，共同点都是经常从古文中借力，所以我们如果想写好古体诗，仅仅读诗是不够的，还需要去涵泳大量古文。

波澜可贵

一些学诗的朋友问：读古人书，经常见到古人谈律诗的“起承转合”问题，各家说法不一，有人说首联起、颔联承、颈联转、末联合，也有人说是第七句转、第八句合……意见甚多，该如何选择？

我告诉朋友，各种意见不妨多看看，但在写的时候，没有必要太在意那些说法。所谓“起承转合”就跟“比兴”一样，古人说来说去，真没有几个说清楚的，甚至有人说《诗经》里根本没有赋比兴，只有风雅颂。

“比兴”这个词，前人投注太多精力去分析它，对于写作其实没有什么帮助，除非你要做学术研究，才需要了解前人对这个词有过什么说法以及各家的异同在哪里。

其实，无论“比”也好，“兴”也罢，都是提倡要在修辞上有所讲究，让诗更加有余味。同理，对于“起承转合”这四个字的理解也应该是这样的，写律诗应该在什么地方起、什么地方合，说白了都不重要，因为即使你总结得再全面，总可能有例外的情况出现。甚至可以这样说，愈是有才华的人，愈会在别人没总结到的地方用力。且来看李商隐的《泪》：

永巷长年怨绮罗。离情终日思风波。
湘江竹上痕无限，岘首碑前洒几多。
人去紫台秋入塞，兵残楚帐夜闻歌。
朝来灞水桥边问，未抵青袍送玉珂。

前六句写的都是些令人悲伤的故事，末联突然笔锋一转，说这些不算什么，都不如贫寒之士（青袍）为显达者（玉珂）送行这种事令人悲伤。此诗的结构是很奇特的，不能简单地用起承转合的定说去讨论。

所以说，起承转合不重要，但起承转合背后的用心不宜忽视。这种用心就是：无论篇幅长短，诗里都应该有“波澜”。这个词乍看上去有点让人摸不着脑袋，但它其实是很具象的：在述意的时候，要多安排一些变化，把诗写出层次感。

王安石《杜甫画像》一诗，没有换韵，但写得曲折生风，前后扣合极严密，用语又极痛快，可谓荡气回肠。我们对此诗驻足玩索，自然知道“波澜”为何物：

吾观少陵诗，谓与元气侔。力能排天斡九地，壮颜毅色不可求。浩荡八极中，生物岂不稠。丑妍巨细千万殊，竟莫见以何雕锼。（以上赞美杜诗，围绕“与元气侔”四字展开）惜哉命之穷，颠倒不见收。青衫老更斥，饿走半九州。瘦妻僵前子仆后，攘攘盗贼森戈矛。（以上说杜甫身份卑微、身世坎坷，与杜诗的浩大气象形成反衬）吟哦当此时，不废朝廷忧。常愿天子圣，大臣各伊周。宁令吾庐独破受冻死，不忍四海赤子寒飕飕。（以上说杜甫人生境界阔大，心不为困厄境遇所动，这是支撑起杜诗的骨力）伤屯悼屈止一身，嗟时之人我所羞。（以上说今人气象远不如杜甫，只为自己一身的进退而忧惧，又推出一个反衬）所以见公像，再拜涕泗流。推公之心古亦少，愿起公死从之游。（以上再提一格，说杜甫这样的人，非但在今天罕见，即使在古代亦是少有的，极写对杜甫的景仰之情。以此收束全诗，余音袅袅）

至于近体诗，由于篇幅比较短，不能像古体诗那般安排很多波澜，但好的诗家仍然能尽可能地多做一些变化：

万里衣冠京国旧，一船风雨晋康城。
灯前颜面重相识，海内艰难各饱更。
天阔路长吾欲老，夜阑酒尽意还倾。
明朝古峡苍烟道，都送新愁入橹声。
——陈与义《康州小舫与耿伯顺李德升席大光郑德象夜语以“更长爱烛红”为韵得更字》

此诗作于宋室南渡之后，陈与义万里辗转，与几位老朋友在偏远的康州（今广东德庆县，古称晋康郡）相会，大家分韵作诗。所谓分韵作诗，是诗友聚会的时候拿出一些诗句，每人分领其中一个字，以该字所在韵部为韵新作一首诗，并且该字须在韵脚里出现。“更长爱烛红”是杜甫的诗句，陈与义领到了“更”字，此字在下平八庚，所以这首诗押的是庚韵。

从叙述顺序看，此诗是按照时间次第往前推进的，完稿时的状态是第六句，末联是对天明后行程的想象。这样一个叙述不算出奇，但诗里的意境变换，可谓纵横跌宕，奇气尽出：首联从阔大（万里、京国）陡然转为狭小（一船、晋康城），次联从狭小（灯前）再转为阔大（海内），第三联亦是从大（天阔路长）转小（夜阑酒尽），末联呈现一种苍烟浩茫、前途未卜的状态，又画出浩大浑茫之境。这种格局，也是用心安排出来的，波澜四起，令人拍案叫绝。

龚自珍说：“文章合有老波澜。”这几乎是写诗作文一个不成文的规矩。行文多安排变化，会让整首诗舞动起来。过于平顺的文字，就像一潭死水，令人看得昏昏欲睡。

慎作绝句

为什么把篇幅最短的绝句，放在最后学写呢？

我们先来看看民国学者刘咸炘先生给自己立下的学诗“九戒”：

> 戒无为而作。戒无寄托而咏物。戒作闺怨摹儿女。戒好作和诗、步韵诗。戒滥誉人。戒空言离别。戒谬作穷

愁。戒强押险韵。戒好作绝诗。绝诗最难，而今人视为最易。

——《学略·文词略》

这九戒尽管作于民国时期，但是对于今天的我们来说，每一条都是适用的。

最后一戒是说：千万不要养成喜欢写绝句的习惯，因为绝句实际上是最难写的，而许多人反而认为最容易写。

刘咸炘先生说得对。绝句容易写，只是因为它的篇幅短小，实际上这个体裁是易学难工，容易写得合格，但要真正写好，非常困难。

我们留意一下历史就可以知道，有不少人能够写出鸿篇巨制的古风，也能够制作精美的律诗，却很少有绝句传唱人间。试问这些人难道就不聪明、不努力吗？

在今天，我经常看到这种现象：很多天资很高的人，通过一段时间的学习，能够写出很好的古风与律诗，然而在积力多年之后，才能写出一些不那么乏味的绝句。

绝句分五绝和七绝两种，其中七绝又比五绝难写。这是因为，五绝的体格偏古体诗，可以用朴实的笔法去写：

苍苍竹林寺，杳杳钟声晚。
荷笠带斜阳，青山独归远。

——刘长卿《送灵澈上人》

千山鸟飞绝。万径人踪灭。

孤舟蓑笠翁，独钓寒江雪。

——柳宗元《江雪》

松下问童子，言师采药去。
只在此山中，云深不知处。

——贾岛《寻隐者不遇》

这几首诗，句句都写景象或动作，敛藏了聪明才气，以拙笔写出远韵，是为五绝佳境。

至于七绝，正格属于近体诗，比五绝灵动，如果用朴实的笔法去写，容易显得板滞。这时候，必须显露聪明，写出巧思，才能有远神：

葡萄美酒夜光杯。欲饮琵琶马上催。
醉卧沙场君莫笑，古来征战几人回。

——王翰《凉州词》

越王勾践破吴归。义士还家尽锦衣。
宫女如花满春殿，只今惟有鹧鸪飞。

——李白《越中览古》

黄昏鼓角似边州。三十年前上此楼。
今日山川对垂泪，伤心不独为悲秋。

——李益《上汝州郡楼》

王翰《凉州词》写战士醉卧沙场的情状，是作者想象出来的，却极合情理：时刻处在死亡阴影下的人，当然是抓住一切机会及时行乐。李白《越中览古》前三句写盛，最后一句写衰，用急转直下的笔法，感慨盛衰无常。李益《上汝州郡楼》的妙处藏在题目里，汝州本属中原地区，却像狼烟四起的边陲，因此诗人的伤心岂是因秋天而起：国家内乱不安，何忍着眼。

七绝需要像上面几首诗一样，在狭小天地里耀出精光。要做到这点，除了作者发露聪明，有时还要有一些运气。

当然了，初学者慎作绝句最重要的原因，还不是因为它“难工”（古体诗也难，但我们可以勤练），而是因为它“易写”。

绝句只有四句，又不需要使用对仗，实在是太好写了。然而，如果我们上手就写这种体裁，容易形成路径依赖，堕入浅滑的诗风而不自知。

陈沚斋先生在《历代七绝精华序》一文里，谈了自己学诗历程中的一个故事：

> 忆余年十四五初学为诗，取其便易，从七绝入手，有“落花如海我如舟”一篇，自以为得意，书而张诸素壁。余父明德公见而哂曰：“嘻，成何语也！浅滑如是，慎不可为。”四十年中，得七绝三四百篇，稍当意者亦仅三五首而已。时流每误以七绝易作，摇笔即成，浮词满纸，几忘却其为尽善尽美之体矣。精益求精，是有望于后来作者。(《沚斋丛稿》，中山大学出版社2011年版，第252页。)

这个故事，对于后学来说是一笔价值不菲的财富。我们学诗，不妨把绝句的写作暂且搁置，待人生阅历足够丰富的时候，再尝试写一些绝句，这样可以少浪掷一些精力。

葆有志气

写诗这件事，越到后来，越像是在做一道“填空题”。

所谓“填空题”的意思是：经历了一段时间的训练之后，在你的意识里已经隐约形成了一个节奏，你可以通过这些节奏来表达你的情感。这个节奏就像曲调，或猛烈，或沉缓，或艰难，或欢快。

当你像作曲那般隐约定下这些节奏的时候，你会自觉地寻找相应的词汇，使用不同的句式驱遣它们，最终制作成篇。

譬如黄庭坚的诗：“心犹未死杯中物，春不能朱镜里颜。”说酒兴不减，然而身体衰病，不胜酒力。这种情绪很负面，但并不会给人一种颓唐的感觉，因为这个句子结构很好，饱含张力。

能做到这一点，前提是你在此之前经过了大量练习——至少也需要五十首诗（不包括绝句）的写作量。这也就意味着，我们写作的时候，要有一个“刻意练习”的意识，着力做多元化的尝试，无论是喜怒哀乐，还是激昂感慨，只要出现在心，都不妨写一写。

“刻意练习”这个做法，会让我们的笔路更广，以后遇到任何一种题材，例如咏物、赠别、抒怀、叙事、议论，都可以胜任。

当积累了一定的写作量之后，就要随时翻检诗稿，留意有没有一些重复的内容（词汇、典故、主题等），如果有，就对集子进行删汰，并且尽量在以后的写作中避免出现。

重复自己，是创作者的常见情况，原因不外这两个：敝帚自珍，路径依赖。唐人许浑写诗，经常用到关于水的字眼，以至于后人讥讽说“许浑千首湿”。王安石和苏轼的集子里，也有不少重复自己的作品。即使诗集精粹如陈师道，也经常重复“功名”“衰病”之类的表述。出现这些情况，可能是因为他们并未来得及整理诗稿就去世了。

整理者固然不能轻易删去诗家的作品，但对于作者来说，应该尽量避免重复自己。曾有一位大学生诗友，写了一首七律参加诗赛，里面有一个《论语》里的典故。事后我看到这首作品，提醒她说：在去年的这个赛事里，你的参赛诗也用了这个词，为何今年还重复出现呢？这是非常没有必要的。我们在执笔写作的时候，应该预先设想读者是非常熟悉自己所有作品的人，尽量减少重复自己的表达。在这一点上，金庸先生是我们学习的典范，他坚持每一部武侠小说都不要重复自己，事实上他做到了。

我们跟古人相比，在才华和学问方面已经差了许多，也因为风气的原因，我们的作品不会像古代那般被广泛接受。但这都不要紧，因为才华不足，可以用学问弥补；学问不足，可以用读书与阅历增进。至于作品的传与不传，则更加不需要担心，因为作品一旦问世，自有它的命运，作者不能预知，更加不能左右。

所以，我们应该做一些向内的追求，葆有创作上的志气（也可以说是写作上的野心），刻意练习且不重复自己。再进一步，就是尽量不重复他人。做到后一点更难，但不能无此心，因为我们只有具备了这种志气，才谈得上接近甚至是超越古人，写诗这件事才值得我们去尝试，不是吗？

诗病略说

在动笔学写诗之前，我们首先要有判断诗歌作品好坏的标准。

有人说，诗是艺术，并非科学，能有标准去判断好坏吗？当然是有的。在衡量一首诗的时候，如果脑中总是横亘着“见仁见智”这四个字，最终必然通往乡愿，成为审美上的庸人。要是始终抱持这种观点的话，不仅是诗，即使是世上所有的美恶问题都不用谈了。

好诗各有不同的好，坏诗往往有相同的坏。

在写诗这件事上，除了前面提到的一些需要避忌之处（例如重字、对仗跌宕不开等），还有一些常见病是我们应当注意的。

文胜于质

我们来看下面几首作品：

中岁颇好道，晚家南山陲。
兴来每独往，胜事空自知。
行到水穷处，坐看云起时。
偶然值林叟，谈笑无还期。

——王维《终南别业》

空山新雨后，天气晚来秋。
明月松间照，清泉石上流。
竹喧归浣女，莲动下渔舟。
随意春芳歇，王孙自可留。

——王维《山居秋暝》

晚年唯好静，万事不关心。
自顾无长策，空知返旧林。
松风吹解带，山月照弹琴。
君问穷通理，渔歌入浦深。

——王维《酬张少府》

以上三首诗有两个共同点：第一，用料相似，多为山林景象；第二，笔法似实而虚。“行到水穷处，坐看云起时”“明月松间照，清泉石上流”这些诗句明明是写实，为何说似实而虚？因为在这些笔调中，作者的情性并不明晰。

作品中不透露情性，而是通过借助一些意象，或是采用隐喻的手法，写出一种意在言外的味道，我把这视为“虚笔”。

这种做法的好处是能让作品呈现空灵之境，在王维不失为一种艺术成就；坏处是远离诗的本质，在后学则可能是一种诗病。

这是因为：第一，这一笔法，古人已经登峰造极，我们写诗不能总是循着这样的路辙走；第二，虚笔实际上是鼓励人取巧，一个人若是习惯于使用巧劲写作，一旦碰到一些比较重大的题材（比如咏史，写重要人物、重要事件等），就不容易应对。

《文心雕龙·明诗》有这样一句话："诗者，持也，持人情性。"黄侃《文心雕龙札记》说：

> 自我观之，诗体有时而变迁，诗道无时而可易，欲求上继风雅，下异讴谣，革下里之庸音，绍词人之正辙，则固有共循之术焉，曰：本之情性，协之声音，振之以文采，齐之以法度而已矣。历观古今诗人成名者，罔不如此。

此语相当精彩，其中"本之情性"就是诗的本质，后面的"协之声音，振之以文采，齐之以法度"都是诗形成的过程。

所谓情性，其实就是人的情感。《礼记》说："何谓人情？'喜怒哀惧爱恶欲'七者，弗学而能。"世间万物，都可以让人产生这些情感，而将情感表现出来的上佳文学形式就是诗。因为诗能帮人宣泄、把持住这些情感，最终使人归于中正，所以我们完全可以这样说，情感是诗中最不应该缺位的元素。

温庭筠的《商山早行》，写作技法大体与上引王维诗作差不多：

晨起动征铎，客行悲故乡。
鸡声茅店月，人迹板桥霜。
槲叶落山路，枳花明驿墙。
因思杜陵梦，凫雁满回塘。

然而两者有着极大的区别：温诗看上去苦寒，其实内有热度；王诗看上去洒脱，实际上味道寡淡。两人都是用力写景，温诗是为了抒发客途清苦之感，里面有深重的忧惧前程之情。王维则在营造一种风轻云淡的状态，打造自己高洁的形象。可惜诗不是宣传片，即使王维确实是这种人，这样的作品也难以深切打动人——真正高洁的人，会这样反复地表现自己吗？

李商隐的《安定城楼》说："不知腐鼠成滋味，猜意鹓雏竟未休。"用《庄子》的典故，说自己不屑于和时人去争抢名利这只"腐鼠"，也是有意彰显自己的高洁，但这两句的真正动人之处不在这里，而在里面对流言蜚语的愤怒之情。在这首诗里，作者对自己坎坷身世的悲凉感也是很重的（贾生年少虚垂涕）。这些都可以让我们透过作者的自我表白语，看到了他竭力扭转命运的悲壮感与无力感。

如果把情感视为诗应有的特质，那些表现手法巧妙然而情感缺位的诗，就是文胜于质之作。

顾炎武《日知录》卷十九"文辞欺人"章认为：

《黍离》之大夫，始而摇摇，中而如噎，既而如醉（按：《诗经》原文是从"中心摇摇"到"中心如醉"，再到"中心如噎"),无可奈何,而付之苍天者,真也。汨罗之宗臣(屈原),言之重,辞之复,心烦意乱,而其词不能以次者,真也。栗里之征士(陶渊明),淡然若忘于世,而感愤之怀有时不能自止而微见其情者,真也。其汲汲于自表暴而为言者,伪也。

顾炎武认为,"古来以文辞欺人者,莫若谢灵运,次则王维"。因为王维在安史之乱期间接受了安禄山授予的官职,大节有亏。顾炎武对王维的批评是否失之苛刻,此处不论,但他提供的辨诗真伪方法值得我们玩味。

在顾炎武的论述里,《诗经·黍离》以及屈原、陶渊明的作品是真诗,这些文字的共同点是不作过多的文饰;至于那些急切地自我显露、炫耀的作品,则是伪诗,王维的诗作就有这个特点。

《遁斋闲览》记录了这样一段掌故:

李廷彦献《百咏诗》于一上官,其间有句云:"舍弟江南没,家兄塞北亡。"上官蠹(xì,悲伤痛苦)然伤之,曰:"不意君家凶祸重并如是!"廷彦遽起自解曰:"实无此事,但图属对亲切耳。"

这种诗句为文造情,就是最货真价实的伪诗了。

我们写诗,切忌为了追求阅读效果而夸饰情感。例如少年写诗,总是喜欢发一些悲音,所谓"为赋新词强说愁"亦如是。这种做法合于顾炎武所说的“汲汲于自表暴而为言”，很容易就成伪诗了。

与文胜于质的作品相对应的，是质实之作。

潘德舆《养一斋诗话》卷三说：

> 吾学诗数十年，近始悟诗境全贵“质实”二字。盖诗本是文采上事，若不以质实为贵，则文济以文，文胜则靡矣。……或言诗贵质实，近于腐木湿鼓之音。不知此乃南宋之质实，而非汉魏之质实也。南宋以语录议论为诗，故质实而多俚词；汉魏以性情时事为诗，故质实而有余味。分辨不精，概以质实为病，则浅者尚词采，高者讲风神，皆诗道之外心，有识者之所笑也。

此论颇有所见。“以性情时事为诗”是论者赞赏的质实，注重质实诗风的好处，是让我们时刻回顾诗的本质：情性。

杜甫的《漫成》，是质实写法的典型：

> 江皋已仲春。花下复清晨。
> 仰面贪看鸟，回头错应人。
> 读书难字过，对酒满壶频。
> 近识峨嵋老，知余懒是真。

此诗信笔直言，却饶有风味。“读书难字过”是说诗人精力衰退，读书的时候难以逐字读过去。这首诗告诉我们，好诗是可以有很多模样的，“意在言外”的写法固然能出佳制，“率直道来”也未尝不可以为美。

北宋诗运大盛，得力于“质实”二字不少。王安石、苏轼、黄庭坚、陈师道这几位极具影响力的诗家，一大共同特点就是诗风质实有物。

唐宋以来，近体诗的创作盛于古体诗。二者在形式上最明显的一个区别，就是近体诗的篇幅比古体诗短。这符合“修辞立其诚”古训：有话则长，无话则不写。这也是质实的一个表现。

当然了，凡事总是过犹不及，杜甫也不总是在写《漫成》这样的诗。毕竟通篇都在使用实笔的话，会容易让诗显得无趣。历史上任何一位成名的诗家，都不会只注重一种写法。所以诗人在写作的时候，往往会虚实照应。

苏轼在贬谪岭南的路上，经过江西的惶恐滩，写下一首《八月七日初入赣过惶恐滩》：

七千里外二毛人。十八滩头一叶身。
山忆喜欢劳远梦，地名惶恐泣孤臣。
长风送客添帆腹，积雨浮舟减石鳞。
便合与官充水手，此生何止略知津。

这首诗前四句都是实笔。第一联直书贬谪之感，不作任何烘托、铺垫。第二联的“喜欢”是地名，即蜀道上的“错喜欢铺”；“惶恐”也是地名，即惶恐滩。这两句既是写具体的地方，又表达了苏轼恐惧前程以及缅怀往昔的心理。第三联则是“形实神虚”的一个转笔，通过描写张帆、水涨等景象，暗示心情舒畅起来。末联直发议论，又归于质实。在这首诗里，虚实的搭配是很合理的。

杨万里的《泊平江百花洲》，题材和上引苏轼七律相似，都是在宦游的时候抒发身世之慨：

吴中好处是苏州。却为王程得胜游。
半世三江五湖棹，十年四泊百花洲。
岸傍杨柳都相识，眼底云山苦见留。
莫怨孤舟无定处，此身自是一孤舟。

苏、杨两诗蕴含的情感都是很动人的，但对比之下，杨作不如苏作有味道，原因之一就是杨作全诗过于质实，留白的地方太少，末联以孤舟自况，这个比喻并不精警，反而显得辞费。相比之下，李商隐《夕阳楼》诗：

花明柳暗绕天愁。上尽重城更上楼。
欲问孤鸿向何处，不知身世自悠悠。

不说自己的身世像孤鸿，却胜似孤鸿，惆怅无限，比杨万里的“孤舟”自譬更深了一层。

我们写诗，应尽量不偏离诗以情性为本的特质，同时多结合虚实笔法进行写作，不要把思力都用在虚笔或实笔上。

成语入诗

这是初学者最容易犯的毛病，把“金风玉露”“黄粱美梦”“雪泥鸿爪”之类的成语，直接放入自己的诗里。这种做法属于投机取巧，没有可取之处。

判断一个人写诗是内行还是外行，除了看格律，一个重要的评判标准是看作品里是否经常出现成语或熟语，如果是，那么基本上可以认定作者是外行。

堆砌景语

写诗就像做其他的艺术品一样，免不了要使用“材料”，景语和典故是两种常见用料，其中景语的使用门槛最低，几乎识字的人都可以使用。正因为此，越是后世的人，写诗遇到的麻烦就越大，毕竟在前人的作品当中，用景语写成的佳作太多了，我们不能用有限的生命去做一些无谓的重复。

所以，今天我们学写诗，如果不是非常必要，不要把“山、水、日、月、花、草、江、河、风、云、雨、雪”这些常用景语密集地堆在一首诗里，更不要让它们挤在一两个句子里。

蹈袭

一般来说，化用前人一个五言或七言诗句，直接取用原句的字，最好不要超过三个，若是超过这个幅度，就属于蹈袭了。

万事因循今白发，一年容易即黄花。（王安石）

万里因循成久客，一年容易又秋风。（陆游）

陆游这两句诗，若是单独看“万里因循成久客”，是一个很好的化用，有出新之处。但两句合起来看就是蹈袭，因为取用王安石原诗的字太多，尤其是“一年容易又秋风”，几乎是把原句都拿了过来，“秋风”尽管与“黄花”用词有异，但在本质上仍是相同的。

其实，蹈袭这种事，王安石也经常干。

唐人王驾有《雨晴》诗：

雨前初见花间蕊，雨后兼无叶里花。
蛱蝶飞来过墙去，却疑春色在邻家。

王安石把这首诗略改一些字眼，成为自己的新作《晴景》：

雨来未见花间蕊，雨后全无叶底花。
蜂蝶纷纷过墙去，却疑春色在邻家。

这种改作全无必要，本质上也是一种投机取巧。

古人诗话常称赞王安石改得好，譬如宋人胡仔说：“（王安石）想爱此诗，因为改七字，使一篇语工而意足，了无镵斧之迹，真削锯手也。”（《苕溪渔隐丛话后集》卷二十五）这个荒谬的评价告诉我们，古人的诗论也有许多不靠谱的地方，需要我们睁大眼睛去辨伪存真。

王安石有诗句“茅檐相对坐终日，一鸟不鸣山更幽”，反“蝉噪林逾静，鸟鸣山更幽”之意而作，也不见得是出新；他还把杜荀鹤的“江湖不见飞禽影，岩谷唯闻折竹声”，改为“江湖不见禽飞影，岩谷唯闻竹折声”，新句的动感更强烈，然而还是因袭杜荀鹤原句而来，无甚高明之处。这些手笔属于王安石的游戏之作，价值不大。换句话说，王安石如果总是这样写诗的话，他就不会是宋代的大诗人了。

王安石写过《次韵唐公三首》，其三为《旅思》：

此身南北老，愁见问征途。
地大蟠三楚，天低入五湖。
看云心共远，步月影同孤。
慷慨秋风起，悲歌不为鲈。

这首诗无论形还是神，都酷似杜甫的《江汉》：

江汉思归客，乾坤一腐儒。
片云天共远，永夜月同孤。
落日心犹壮，秋风病欲疏。
古来存老马，不必取长途。

王安石第三联“看云心共远，步月影同孤”，十个字里有六个字取自杜甫的“片云天共远，永夜月同孤”，这种做法不无蹈袭之嫌。

蹈袭的例子，古人多有：

> 年抛造物陶甄外，春在先生杖屦中。（苏轼）
> 风生使者旌旄上，春在将军俎豆中。（秦观）

像秦观这种做法也不宜效仿。总而言之，作诗不免要学别人，但应该力求跟别人有所区隔，尽量不蹈袭。

拘束

《汉书》卷七十五载夏侯胜批评夏侯建语：“建所谓章句小儒，破碎大道。”

这句话出自汉代经师之口，其实也适用于诗学。

宋代以来，涌现了大量的诗话，多是论述各家诗作、谈论掌故、赏析诗句，还给出了不少作法指引。

这些诗话的内容，固然有不少胜义，有些材料的含金量还非常高，有很大的启发性，不过也不无弊病，例如普遍都伤于两个字：破碎。

《石林诗话》卷上说：

> 荆公诗用法甚严，尤精于对偶。尝云：用汉人语，止可以汉人语对，若参以异代语，便不相类。如‘一水护田将绿绕，两山排闼送青来’之类，皆汉人语也。此法惟公用之不觉拘窘卑凡。

这种材料非但没有什么价值，反而会对后人的写作起了很大的阻碍作用。为什么非要用汉代的言语去对汉代的言语不可？假如用宋人语对汉人语，只要整体意思说得好，会有什么问题吗？况且，《石林诗话》所引王安石语，本身有其不可晓之处，王安石是否说过这样的话、在什么语境下说的都有待考证。

更为重要的是，一旦我们遵从了这些意见，往往导致笔法拘束，伸展不开。其实，在王安石实际的写作中，并不都是这样做的：

白下门东春水流。相看一噱散千忧。
穿梅入柳曾莫逆，度岭缘冈初不谋。
世事但知吹剑首，官身难即问刀头。
长临锻灶真自苦，有兴复来从我游。

——王安石《次韵酬朱昌叔五首》其四

此诗第三联“吹剑首”出自《庄子·则阳》：“吹剑首者，吷而已矣。”意谓吹剑环头上的小孔，声音微弱且快速消失，常被后人用来表达“渺小”“无足轻重”等意思。至于“问刀头”，则出自《汉书·李陵传》，李陵投降匈奴多年之后，汉使来访，因为有匈奴人在场，不便说话，汉使就多次触摸刀头上的环，握李陵的脚，“环”与“还”谐音，暗示李陵可以归汉。王安石这两句诗，用《庄子》与《汉书》的典故对仗，并非用汉人语对汉人语。

“用汉人语对汉人语”这种做法，更多是一种文字游戏，它并非完全不可取，前提是要在表述上做得妥帖。如果不能做到这一点，那么这种游戏规则就完全可以抛弃。

古人议论的破碎之病，往往从求之过深而来。清人姚苎田《史记菁华录》说：

> 《淮阴侯传》先载漂母及市中年少等琐事，后一一应之。此传（《陈丞相世家》）亦先载伯兄之贤、张负之识，以后无一笔照顾，而独以阴祸绝世为一传之结。夫阴祸固与长厚背驰者也。削此存彼，史公之于（陈）平也岂不严哉！凡此须于无文字处会之。

这种释读，就跟古人笺注《春秋》一样，处处都认为有微言大义，事实是否如此则是存疑的。张负欣赏陈平，把自己的孙女嫁给了他，后来陈平功成名就，但《史记》再没有谈到张负此人。姚苎田认为，这种笔法是贬抑陈平此人，因为他阴谋太多；与此同时，在韩信的传里，开头写了市井无赖和漂母的故事，后续都有了交代，是褒扬韩信的厚道。

其实，张负后来消失于陈平的传里，也可能因为后续故事平淡无奇，毕竟他已和陈平成了亲戚。这跟韩信报答漂母的一饭之恩、优待当年侮辱自己的市井无赖，是迥然不同的，韩信的事更有冲击力，自然会被司马迁采用。《史记》首先是一本效法《春秋》的书，记录前言往行是首要任务，然后才是司马迁在此基础上表现自己的价值观。如按姚苎田的理论，《史记》一书的写作安排都是在为作者的好恶服务，未免穿凿。

姚芸田此论，作为一种意见的存在是无可厚非的，但如果我们在学写文言文的时候总是游心于这种评说，则无甚益处。学诗也一样，多明作品大旨、多积记诵之功是急务，而不是去寓目各种琐细的辨析。

容易句

《续金针诗格》一书里，列举了诗的三种句子：

> 自然句，诗曰："曲终人不见，江上数峰青。"
> 容易句，李白《宫词》："柳色黄金嫩，梨花白雪香。"
> 苦求句，《古镜》诗："篆经千古涩，影泻一堂寒。"

此书旧题为梅尧臣所作，许多人认为应该是伪托，真正的作者或许另有他人。不过，作者名字是伪托，但内容不伪，比如上引文字所说的"容易句"，尤应为我们注意。

李白"柳色黄金嫩，梨花白雪香"两句，古人认为是取自阴铿的诗句。平心而论，这两句并不糟糕，只是述意过于寻常，就好像我们写文章的时候笼统地用花来形容漂亮女子一般，属于写作上的漫不经心。

文字风格流畅的诗家，例如李白、白居易、苏轼，其作品之中不乏容易句。即使诗作极具深致的李商隐，笔下"昨夜星辰昨夜风""一夕南风一叶危"等句子，其实也是容易句。

容易句不是不可以写，但须像李商隐那样克制——他只是把这种句子点缀在诗中，全诗的主要笔势并非如此。如果我们不注意到这一点，专学这种句子，就会导致整首诗都流滑不堪了。

自然句，属于可遇不可求的文字，能否写出不必强求。容易句以及苦求句，多见于古人的诗集中。我们写诗，如果不能兼美，则宁愿失之苦求，也不要失之容易。失之苦求，尚可离俗稍远；然而若是失之容易，那就成俗句了。

诗与人一样，各种病之中，俗病最难医。

如何写出一首有味的诗

诗句要“通”

我们无论写什么体裁的文学作品，都必须具有一定的文辞基本功，这是没有疑问的。当我们写白话文的时候，要句子通顺，没有语病，同时没有错别字。当我们写古典诗歌的时候，就需要熟悉文言的运用，写出来的句子至少要在文理上是说得通的。

目前市面上总结文言句法的书很多，但这些书都不可能赅括所有的关键问题，所以最好的应对方法，就是多读古人作品，多去仔细揣摩他们的表达方式。

初学写诗，不能遽尔走奇险之路。古代语言风格奇险的诗家不少，韩愈是其中一个。但奇险只是韩愈诗集里的风格之一，他的传世篇章并不是以奇险见长的，即使是七古《山石》，也没有什么拗口的句式。赵翼《瓯北诗话》说：“其实昌黎自有本色，仍在文从字顺中。”是平正之论。

李商隐《暮秋独游曲江》：

荷叶生时春恨生。荷叶枯时秋恨成。
深知身在情长在，怅望江头江水声。

末句“怅望水声”搭配似乎在字面上不通，但如果再细想一层，其实逻辑仍然是通的：诗人伫立江边，望江良久，自然就包含了“听江水声”这件事，此时如果在诗句中用上“听”字未免辞费，不如“望”字警策。而且诗人在这个生新的尝试里，“怅望”后面搭配“江头”，仍然以表述稳当为先。

清代诗人郑珍在写法上有一些故意生新之处：

睡醒长嘘一欠伸。茫茫洚水望无津。
苍天气老钟庸子，古圣坟销让后人。
赴壑修鳞还没尾，如云大翼不生身。
向来犹共梅花语，近日梅花也不亲。

——《岁暮有感》

在这首诗里，“钟庸子”“坟销”这种表述，细究起来文理不太通。诗中其他句子的表述就很稳健，第五句化用苏轼的诗句：“欲知垂尽岁，有似赴壑蛇。修鳞半已没，去意谁能遮。”第六句用了《庄子·逍遥游》里的典故。我们学习第三联这种表述且做得熟练了，即使出现一些怪异的表述，也不失为一种艺术实验。如果缺乏这个基础就直接求新，只会被人认为是文言功底不过关。

其实，古代诗家的传世篇章，绝大多数都是文从字顺的，即使在宋代以写法新奇著称的黄庭坚也不例外。我们固然不必认定传世篇章才是好诗，但这个现象至少提醒我们思考，诗应该有这样一个效果：逻辑通顺，便人成诵。

什么是诗味

在古典诗歌的写作上，有一些明里暗里的规矩，不宜轻易去打破。其中比较重要的一点就是：我们可以用时代较久远的文体写作方法去写时代较近的文体，若是反过来做则不被认可或鼓励。

具体来说就是，可以用写古体诗的方法写近体诗，不宜用写近体诗的方法去写古体诗。如果用写近体诗的方法写古体诗，所成的古体诗就容易招致“气息卑弱”之讥；同样，可以用写诗的方法去填词（苏轼的词多是如此），但不宜用填词的方法去写诗（晏殊的诗多用填词的方法）。

晏殊填词也写诗，“无可奈何花落去，似曾相识燕归来”是他的手笔，这两句都被他写进诗和词中，但是更多地以词句被大家熟知。这是因为两个句子纤巧流转，宜入词而不宜入诗。

晏殊的诗大多写得像词：

宝毂香轮不再逢。峡云巫雨杳无踪。
梨花院落溶溶月，柳絮池塘淡淡风。
几日寂寥伤酒后，一番萧索禁烟中。
鱼书欲寄无由达，水远山长处处同。

——《寄远》

上面这首诗也是浓浓的词味，跟“无可奈何花落去”的风味是相同的。晏殊以词传名至今，然而诗名不彰，恐怕跟这种风格不无关系。

诗庄词媚，大体看来是一个没有错的说法，但也不具体，更准确来说应该是：词可媚，也可庄；诗不宜媚，非要媚的话，最好填词。

再推而论之，我们可以用古诗文的笔法去写白话文，但不能用白话文的笔法去写古诗文。古人没有这个毛病，但这一点成了今人的通病。

今人写诗，最显见的一个做法就是：先用白话文构思好，然后再转换成诗句。于是就有了许多令人死活看不懂的“诗”。我们能读懂如梦似幻的李商隐诗（至少能明白字面上在说什么），却读不懂今天许多青年的诗，其中一个原因就在这里。

诗句与文句、词句都不一样。诗句应该有诗味。之所以要说这一句“废话”，是因为我们读到的许多作品，严格说起来并不是诗：

德义风流夙所钦。别离三载更关心。
偶扶藜杖出寒谷，又枉篮舆度远岑。
旧学商量加邃密，新知培养转深沉。
却愁说到无言处，不信人间有古今。
——朱熹《鹅湖寺和陆子寿》

“旧学商量加邃密，新知培养转深沉”两句非常著名，但整首诗着实无趣，说白了是押韵的语录。理学家经常干这样的事：用诗去论述一些道理。他们说的道理自然是正大的，但写出来的文字，跟我们所理解的诗有十万八千里的差距。

古人把这种押韵的语录目为“头巾气”，这是我们应当避免的，不然写诗就成了板着面孔说教了。下面这一首诗，同样是朱子的手笔，却比上一首更加像诗，因为我们从里面可以感知到他的情感：

惆怅江头几树梅。杖藜行绕去还来。
前时雪压无寻处，昨夜月明依旧开。
折寄遥怜人似玉，相思应恨劫成灰。
沉吟日落寒鸦起，却望柴荆独自回。
——《次韵雪后书事》

除了儒生的“头巾气”，还有僧人的“蔬笋气”也是我们写诗时应该避免的。

所谓蔬笋气，即“酸馅气”。《汉语大词典》解释说：“僧家素食，常食酸馅，因以‘酸馅气’讥称僧人言词诗文的特有腔调和习气。”

宋人叶梦得《石林诗话》说：“近世僧学诗者极多，皆无超然自得之气，往往反拾掇摹效士大夫所残弃。又自作一种僧体，格律尤凡俗，世谓之酸馅气。”

至于“酸馅气”具体指什么，古人没有明说。其实，我们完全可以这样推论，儒生写诗容易有头巾气，是因为他们总喜欢在诗里展现自己的儒生身份；同样的道理，僧人写诗有蔬笋气，也是因为他们总喜欢在诗里表现僧人色彩。这些做法，就是《石林诗话》所说的“无超然自得之气”。也就是说，如果诗里经常出现一些修行语、山林气、岑寂境等，那么就可以视为有蔬笋气。下面两首僧人的诗就是如此：

千峰盘磴尽，林寺昔年名。
步步入山影，房房闻水声。
多年人迹绝，残日石阴清。
便可求居止，安闲过此生。

——僧无可《废山寺》

沙泉带草堂。纸帐卷空床。
静是真消息，吟非俗肺肠。
园林坐清影，梅杏嚼红香。
谁住原西寺，钟声送夕阳。

——僧齐己《夏日草堂作》

以上两首诗说不上差，然而病在庸常，多写无益。

下面这一首诗也是僧人的手笔，风味却迥殊于上面两首：

自怜多病畏炎曦。长夏投踪此最宜。
青石白沙含浅濑，碧梧苍竹聒凉飔。
云中鸡犬听难辨，谷口渔樵问不知。
斑杖芒鞋随步远，归来烟火认茅茨。
——释道潜《夏日龙井书事》其三

此诗既有高趣，又不与世尘相绝，可谓生气郁勃，具见性情。清人纪昀认为，释道潜这组诗，“皆音节高爽，无龌龊酸馅气之气”（《瀛奎律髓汇评》卷四十七）。实为中肯之论。

古人对头巾气、蔬笋气的不认可，其实就是告诉世人：诗应该有一定的超越性。无论我们是什么样的信仰或身份，在写诗的时候，或许不可能没有一些身份语，但如果总是粘着身份落笔，那么诗就显得迂陋不堪了。

既然诗有其本位，那么究竟什么是诗味呢？还是要记取这四个字：诗主情性。欲知诗味，仍然要从“情性”两个字读入。

我们来对比一下这两组诗句：

他日若能窥孟子，终身何敢望韩公。（王安石）
何妨举世嫌迂阔，故有斯人慰寂寥。（王安石）

两组诗选自两首不同的作品，都是同一个作者，题材都有相似性。“他日若能窥孟子，终身何敢望韩公”是王安石应答欧阳修的诗句，说自己的志愿是学孟子而不是韩愈。至于“何妨举世嫌迂阔，故有斯人慰寂寥”，是王安石的夫子自道，说自己并不在意世人以“迂阔”来评论自己，因为孟子在世的时候也是被人这么看的。

对比下来，从诗味的角度上看，“他日若能窥孟子，终身何敢望韩公”，要逊色于“何妨举世嫌迂阔，故有斯人慰寂寥”。这是因为，前者只是对心志进行一个粗糙的陈列，情感上其实并不动人。后者则是让心志婉转流出，语气似乎柔和，实则内有大刚，灌注了强烈的感情：即使被世人不认可到这种程度，我仍然觉得孟子是珍贵的。这种表述无疑更能打动人。

从本质上说，人是不能被说服的，但人可以被感动。所以在诗里面最好不要去说道理，而是展现你的情感。诗最大的用处，应该是感人。

我们继续做一些对比：

> 迢递高城百尺楼，绿杨枝外尽汀洲。（李商隐）
> 露如微霰下前池，风过回塘万竹悲。（李商隐）

这两组诗句仍然是出自同一作者，都写身世之感，都属于同类题材，个人觉得第二组更佳。

第一组诗句出自七律《安定城楼》，是该诗的首联，其实没有给我特别深刻的印象，因为先铺垫一个场景，是很常规的律诗开头。但第二组的“露如微霰下前池，风过回塘万竹悲”，就显得不同了，作者心中有悲，于是风和竹林也来助悲，这个笔法蕴含着极大的张力。如果我们的住处有树木或竹子，晚上听到风声的时候，就会对“风过回塘万竹悲”的感受更加深刻。

做这样的对比，不是对古人吹毛求疵。每一个人写诗，都要力避平庸。要做到这点，就必须先建立一套比较严格的审美标准，不能什么诗句都说好。即使是大诗人的手笔，也不可能每首都工、每句都好的，这也是事实。

我们接着看这一首诗：

故园归计堕虚空。啼鸟惊心处处同。
四壁一身长客梦，百忧双鬓更春风。
梅花不是人间白，日色争如酒面红。
且复高吟置余事，此生能费几诗筒。

——陈与义《次韵乐文卿北园》

从这首诗可以看到，作者陈与义当时的处境以及心境都不好。第一句“故园归计堕虚空”，说还乡的愿望看来是实现不了了。次句“啼鸟惊心处处同”，化用的是杜甫“感时花溅泪，恨别鸟惊心”。这里我们留意一下他是怎样用前人的作品来说自家心事的：词汇和典故是古人的东西，但心情是我自己的，可谓善学。

“四壁一身长客梦，百忧双鬓更春风。”四壁即家徒四壁，诗人生活困顿，在这样的艰难情况下，自然就觉得时间过得慢，所以是“长（cháng）客梦”。“百忧双鬓更春风”，人在艰难的时刻，遇到春天这样一个美好的时令，却不会减轻忧愁，反而是加深了。这两句写得太好了，即使是写忧愁，也完全不窘迫，反而是非常漂亮。

第三联“梅花不是人间白，日色争如酒面红”是说：梅花白得不像是人间有的，太阳很红，却没有我喝酒之后的脸红。这里的“争”通“怎”。

诗人为什么喝酒呢？这就跟前面说的忧愁连接上了。这两句也非常精彩，“不是人间白”“争如酒面红”这种表达极其矫健。理学家提倡“鸢飞鱼跃，活泼泼地”境界，实际上他们自身的诗文做不到“活泼泼地”，真正能达此境的，是那些留名千古的诗人。

最后一联“且复高吟置余事，此生能费几诗筒”，我们要注意一下，这是很典型的诗的语言，是情绪低沉到极致的时候一种类似于发泄的表达，作者并不是说不去积极生活了，人家可没有这个意思。

这首诗从第一句到第八句都有非常浓的诗味，可谓百读不厌。

当然，诗味是有很多种类型的，上面所谈只是其中的一部分。我们写诗，既要文从字顺，又要有诗味，这是不容易做到的。许多人的文从字顺，是在批量制造“容易句”，然后不断做无用的重复写作。我们只能平时进行大量的阅读与深细的揣摩，然后反复锤炼，才能写出有味的诗句来。

学会寄放心情

诗是人的心声。所以我们读诗，说白了是在触摸别人的心情；我们写诗，是在寄放自己的心情。

一般情况下，我们不可能完全知道别人在想什么。我们在世上，亦经常有这样的体验：有时就连本人都未必完全清楚自己的心情是什么。所谓“诗无达诂”，原因可能在于：有的时候，诗是不需要达诂的。但对于作为读者的我们来说，又不可能完全放弃去理解诗人的努力，否则就陷入一种虚无的读诗状态中，这跟读经不读传注的做法相似，都病在空疏。

譬如说，我们都很喜欢李商隐，他的诗篇确实非常漂亮。我们也知道，李商隐曾经身处“牛李党争”的夹缝当中，一辈子郁郁不得志。但是我们可能想象不到，李商隐招惹了非常多的争议和诽谤，无论是在《旧唐书》还是《新唐书》里，史官对他的评价都不高，都说李商隐没有操守，是忘恩负义之人——这应该是当时的人对于李商隐的一个共识。

至于真实历史中的李商隐，究竟是不是像《旧唐书》和《新唐书》说的那样，有待我们仔细考辨（也许永远考不出真相），但可以想象到的是，活在当时那种世俗眼光下，李商隐的思想负担肯定不轻。

一方面，李商隐确实做出了许多违背当时道德的事情，比如他受了令狐楚的提携，却娶了令狐家政治对手王茂元的女儿，这种行为即使发生在今天，仍然是一件不得了的事情。尽管历朝历代的法律都不会规定人们不能干这样的事情，然而法律只意味着最低的道德底线，在这条线之上，人群还有许多禁忌。换了你是令狐家的人，为安全起见又或是为了止损，以后不会再与李商隐合作就成了必然的事。

而对于王茂元那一派的人来说，李商隐做出了这样的事，也是很难对他完全信任的。在这样的情况下，只要牛李两党主导晚唐政局的现实不变，李商隐就难以有好的人生出路，这就意味着，“一生襟抱未曾开”是在他娶王茂元女儿的那一刻就注定了的事情。

另一方面，对于李商隐个人来说，他也必须寻求自己的出路，而现实世界远比纸上描述的复杂得多。于是我们看到，在牛李两党之外，还有一些地方可以让李商隐栖身。所以即使不被牛李两党的人待见，他也会找到自己的活路。生活的希望，由此又燃了起来。

在现实当中，一些人做了件伤害别人的事情，在受到相应的惩罚之后，不是马上停止做这件事，而是干脆做到底，甚至极力把自己此前的行为描述成正义之举。这种为自己赋予合理性的做法，也是人性中的一部分内容。

李商隐有没有这样做呢？我们来看看他的《嫦娥》：

云母屏风烛影深。长河渐落晓星沉。
嫦娥应悔偷灵药，碧海青天夜夜心。

这首诗，千年难以索解，有人说是诗人自伤身世，有人说是悼亡，有人说是讥诮求道而不耐寂寞……各种说法好不热闹。

字面之外的信息，我们暂且不去理会，回到诗本身：“嫦娥应悔偷灵药”，我们都知道它的字面意思，但这里是不是真要说“悔”呢？如果是这个意思，那么“碧海青天”应该是在渲染孤独寂寞之境，然而这个说法，无疑跟诗的第一、二句重复了。

如果说，“碧海青天”展现的并非孤清之象，而是高远阔大之境呢？这个解读未必不通。于是，这首诗里一个有意思的地方就出来了：“嫦娥应悔偷灵药”这种表述，像是后悔、自责、讥诮，但也像是嫦娥在展现一种高傲的心志：我不后悔，尽管偷药上天这件事情，让我失去了俗世中的很多乐趣，但我还是在高处啊。

诗里的嫦娥，可能是李商隐的化身，也可能不是。重要的是，这首诗让我们看到，它有着极大的开放性，以致后人争论不休。从某种程度上说，这种开放性，是“嫦娥应悔偷灵药”的“应”字带来的，正是这个含糊的字，给全诗蒙上一层神秘的面纱。

不过，悔也罢，不悔也好，真实的情况我们已经无从得知了，除非起李商隐于地下而问之。这个真实，其实也可能没有必要得知，因为一旦弄清楚了，这篇作品就不是诗而只是李商隐的一则日记了，除了供学者分析解读李商隐，别无他用。

作为诗而存在的《嫦娥》，有着更广大的用处，它至少给了我们两个启示：

第一，“应”字告诉我们，使用一些不确定的表述，能让我们省力、安全地寄放心情。

第二，“悔”字告诉我们，人不要总是尝试为自己赋予合理性。一个人越是喜欢为自己赋予合理性，离诗性就越远。学会自嘲，可能是唤醒心中诗性的一个必要手法。

诗很难读，原因是别人的心情难以究知。但与此同时，诗又很容易读，因为我们跟那些伟大的诗人一样，都有着相通的喜怒哀乐之心情。我们学诗，也不是要成为以往的任何一位诗人（从根本上说，每一位诗人都是不能复制的），而是学习他们寄放心情的方式。

所以，我们读诗的时候，有必要寻味诗人那些模糊的表达，譬如人们使用“敢”“肯”这些字眼的时候，有时很可能是在表达一种“不敢”“不肯”的情绪。陈寅恪先生《挽王静安先生》诗：“敢将私谊哭斯人，文化神州丧一身。”这里的“敢”，其实是“不敢”，意思是说：“王静安先生去世了，我十分悲痛，这并非因为我和他私交好，而是因为他关系着中国文化精神的传承。”

除了使用模糊表述，高明的诗人还会让自己的心情成为入眼万物的心情：

东风知我欲山行。吹断檐间积雨声。
岭上晴云披絮帽，树头初日挂铜钲。
野桃含笑竹篱短，溪柳自摇沙水清。
西崦人家应最乐，煮芹烧笋饷春耕。

——苏轼《新城道中》

仔细揣摩一下诗里的表述，就会发现很有意思：在现实里面，诗人可能是等雨停了才出门，也可能是出门的时候刚好雨停了，但他说：“东风知我欲山行，吹断檐间积雨声。”经这么一写，东风似乎具备通晓人性的特质了。

这首诗同时让我们记住的，更是作者的喜乐心情。喜乐到了什么程度呢？在他的眼中，东风是善解人意的，野桃是有笑容的，水是清澈的，农家是充满喜悦的。

诗人比较“狡猾”，前六句景语都用了一些比较肯定的字眼，到了第七句的时候，“西崦人家应最乐”，涉及人了，用了一个模糊的“应”字。其实，经历过春耕的人都知道耕作的辛苦，要说乐，也应该是秋天收成之后的事了。

但诗人苏轼的可爱之处，不就是在这些地方么？如果他言之凿凿地告诉我们：西崦人家真是快乐啊！那这首诗就味同嚼蜡了。

海棠不惜胭脂色

怎样才能写出一首有味的诗？这是我们在学诗之路上需要时常问自己的一个问题。

我在此郑重推荐这两首诗：

二月巴陵日日风。春寒未了怯园公。
海棠不惜胭脂色，独立濛濛细雨中。

——陈与义《春寒》

一自胡尘入汉关。十年伊洛路漫漫。
青墩溪畔龙钟客，独立东风看牡丹。

——陈与义《牡丹》

这两首七绝真是好到不得了。我隐约觉得，一个好的诗人应该要有这个样子。如何写好一首诗的奥秘，也许能在这两首诗里找到。

具体来说，我们学诗，不可没有这样的手眼与心情："海棠不惜胭脂色，独立濛濛细雨中。"

我很确信，如果我们是随时准备向这个世界妥协的人，是写不出这种诗句的。

实 践 篇

示例：一首诗是怎样产生的

在练习写诗之前，我们需要清楚地认识到，诗之所以有其特殊的价值，在于每首诗都是完整的篇章，有其命意或主旨，并且按照一定的逻辑来说话。

好诗有很多种，有可以摘句的，有不能摘句的。古人有不少作品（尤其是古风），若是单独看其中的句子，并不十分出彩，但是整体上是一首非常好的诗，原因无他，行文有逻辑而已。

很多初学者的诗写得不好，往往是因为行文没有逻辑，句与句之间的意脉是断裂的。机器写的诗，往往也有这个特征。

所以，我们还需要掌握这样一个技能：用一定的逻辑，把一个个诗句连成整体。

现在，我来做一个完整的写诗过程：通过模仿古人的诗句，写出一首意脉连贯的诗。

第一步，先找原材料。打开《唐诗三百首》的五绝部分，选取四首诗：

山中相送罢，日暮掩柴扉。
春草明年绿，王孙归不归。

——王维《送别》

独坐幽篁里，弹琴复长啸。
深林人不知，明月来相照。

——王维《竹里馆》

君自故乡来，应知故乡事。
来日绮窗前，寒梅着花未。

——王维《杂诗》

空山不见人，但闻人语响。
返景入深林，复照青苔上。

——王维《鹿柴》

这四首诗当中，除了第一首是律绝，其他三首都是古绝。现在，我从每首诗里各拿出一句进行模仿，写成一首新的五言律绝。

需要多说一句的是，这些原材料是随机选择的，并没有什么用意。我们平时写诗，要让过往所读到的作品来帮自己，而不能限于某一本书或某一朝代。

新的这首五绝，主题是赠别，姑且定名为《秋日送别》。

第四句：寒梅着花未→江梅已着花

我第一个写成的句子，是诗的最后一句，不是第一句。

大家千万不要认为诗必须要从第一句写到最后一句。真实情况往往不是这样的。前人写诗，多是想到了一个得意句子，然后把它嵌进一首完整的诗里，至于嵌进什么样的位置，则是根据意脉的走势来定的。

也就是说，你得先构建出这条意脉来。

当然了，我自己现在写诗，往往是从第一句写到最后一句。每个人都有不同的写作习惯，这是不需要一致的。

这里取法的句子，是王维的“寒梅着花未”，但我不直接用这个意思，而是更递进一层说：“寒梅已着花。”

写出来后，我觉得应该要放在诗的最后一句，用来告诉被送别的人。以这个意思收结全诗也是稳当的。

不过，这个句子有一个问题，那就是跟王维原句相同的字太多了，有蹈袭的嫌疑，所以“寒”字一定要改。

怎么改呢？可以借助网络工具查找（现在网络工具发达，一些诗词、词典类的网站，都可以查到以“梅”字结尾的所有词汇），我一查就发现，“江梅”这个词能用。所以这里可以为“江梅已着花”。

在这种时候，我们要认识到，无论我们读过多少书，总会有不少词语或典故是我们不认识的。所以在写作过程中，需要我们不畏烦琐地去查找词汇或典故，在查找的过程中，会有许多意外收获。

当然了，最根本的功夫是大量背诵古人作品。可以这样说，背诵是古诗文写作最重要的内功，它不仅有助于我们积累词汇，更让我们快速掌握文言的语法和思维。如果你想写古诗文却懒于背诵，那是神也帮不了你的。

第二句：但闻人语响→但见白云遮

接下来，我开始写第二句。

为什么是第二句呢？因为这是一个需要押韵的句子。刚才写了全诗的最后一句，最后一个字是“花”，在下平六麻韵。

我们打开这个韵部，锁定能够用来押韵的字。

这时候要注意两点：

第一，不需要刻意用生僻字做韵脚，因为即使是古人也很少这样干。

第二，要注意其他韵脚的词性，尽量不要都使用同一词性的字做韵脚。这一句里的韵脚，最好用个动词或者形容词，因为末句的“花”字是名词，要跟它区隔开。

按照这样的思路，我们在下平六麻韵可以发现，备选的常见字有“斜、遮”。

我选了“遮”，模仿的是“但闻人语响”，我取用的是它的句式——“但+动词+名词+动词”。

第二句的格律应该是“仄仄仄平平”，所以我把“但闻”改成“但见”，句子就是“但见××遮”。

继续做填空题。这里的“××”可以是什么呢？想象一下，我们送别亲友，大概率会看到什么？我想到的是白云。所以这句是“但见白云遮”。

第一句：山中相送罢→城边来送客

接下来开始写第一句。

第一句我就不入韵了。所以格律是“平平平仄仄”，模仿的是“山中相送罢”。王维说的是“山中”，我不想直接要这两个字，那么就改为“城边”。我在城边干嘛呢？这时候要想到标题，我是来送别的。所以第一句可以为“城边来送客”。

第三句：独坐幽篁里→独坐深林外

现在写第三句。

这句的格律是“仄仄平平仄”，第一个字也可以用平声。这里应该写什么呢？前面写了送客以及当时看到的景象，那么这里我就用蒙太奇的手法，把镜头切换一下，写我回去之后的情景。

这句模仿的是“独坐幽篁里”。我取用“独坐”这两个字，把“幽篁”去掉，改为“深林”，为了避免蹈袭王维原句，还把“里”字动了一下，所以全句是“独坐深林外”。

全诗第一版

秋日送别

城边来送客，但见白云遮。

独坐深林外，江梅已着花。

雕琢

诗的初稿写好，只是完成了一小步，还需要做另一项工作：雕琢。

这是非常重要的工作。雕琢的时候有几个注意事项：

首先，尽量不要犯韵。留意那些不是韵脚的地方，看看有没有犯韵的地方，如果有，可以考虑换字。毕竟这是一首近体诗，能不犯韵就更好。

其次，去掉表述重复或者相似的地方（比如词汇、句式）。

再次，改掉那些文理不通的表述，使之符合文言表达习惯。

第一句：城边来送客→秋来送征客

犯韵的问题没有。但是我发现，诗里的“边”和“外”都是方位词，那么只保留一个就可以了。我想改第一句，应该怎样改呢？

再仔细看“城边来送客”，后面三个字我也不满意，觉得有点怪，所以我先改为“××送×客”。

借助网络工具，可以查到有一个“征客”的词，指远游在外的人。这个词可以用。所以是“××送征客”，格律是“平平仄平仄”。

那么，开头两个字怎么办？我想点明一下时令，所以改为“秋来送征客”。这句诗是说，秋天来临的时候，我去送别远游的客人。

第二句：但见白云遮→远路白云遮

第二句也可以改。为什么呢？因为有不太通的地方。“但见白云遮”，究竟我看见了什么东西被白云遮呢？这里的表述就不清晰了。考虑了一下，把它改为“远路白云遮”，就是说，客人离开，去路被白云遮住，我一直目送，直到看不见为止。

第三句：独坐深林外→独坐明窗外→回看明窗外

第三句“独坐深林外”，我的住处是没有深林的，还是换一个合理点的表述比较好。可以有“窗”，这个东西是每家每户常见的。句子就是“独坐 × 窗外”。带有窗字的词，有哪些呢？可以用“明窗”，我们有个词语叫“窗明几净”，诗词当中是有“明窗”用法的。

但是在这个时候，我们再仔细看就会发现，“独坐明窗外”这个表述还是有点费解（如果是“独坐明窗里”可能更通一些），所以还可以改。我把它改为“回看明窗外”，就是想象自己回到住处，凭窗远看。

看到的是什么呢？那就是最后一句的内容了。

第四句：江梅已着花→江梅似着花

“江梅已着花”里的“已”字，我不太满意，因为写得太确凿了，就显得不太合理。为什么这样说呢？我们要注意，送客的时间是秋天，而梅花开的季节是早春。

所以我换了一个比较模糊也有点“狡猾”的表述：江梅似着花。

这句是向那位刚刚走的客人报告的。分别没多久，我就跟对方说：哎呀，梅花好像开了。这并不是梅花真的开了，而是我的想象或者是期盼，言下之意是：你赶紧回来吧。本质上是变换一种方式去写我的思念之情。

定稿

秋日送别

秋来送征客，远路白云遮。

回看明窗外，江梅似着花。

总结

以上就是一首诗的“生产”过程。我先从模仿古人诗句做起，拆解、重组那些诗句或词汇，然后加入自己的想象、情绪等内容，形成一首诗的初稿。对初稿进行雕琢润色之后，已经完全看不到古人原诗的痕迹了。

我认为，把这首诗放进古人的集子里，也不会给古人减色——这是我们学写诗时的第一个“小目标”，只有做到了这一步，我们才有资格去谈“意境”“新意”这些东西。

至于能否更进一步，写出接近古人甚至是超越古人的作品，那就要看各人的努力和造化了。

初学练习

五绝

本次练习于2018年10月举行，由我主持，参与者依次为：朱君、张君、方君、高君。四君皆为高中在读学生，都是第一次学写古典诗歌。

梦醒

梦醒山河外，回船近洛阳。
无心闻笛曲，旧岸满飞霜。

评：这是一首关于迷离梦境的绝句，似醒非醒，似梦非梦。诗人的心神随船回荡到了洛阳，此时传来了笛曲，诗人却无心赏听，两岸有飞霜，暗喻环境给人凉意。究竟是什么让人有凉意，是世事，还是气候？则不必说破，若说破，就失去了绝句应有的味道。末句“旧岸”味道略淡，可改为“夹岸”，即水流的两岸，典出陶渊明《桃花源记》：“忽逢桃花林，夹岸数百步。”

千松

千松护残菊，寒水托孤舟。
送客林深处，霜秋落月愁。

评：在古人的论述中，松与菊都是心性高洁的象征，都有着顽强的生命力。此诗说菊残了犹有千松护着，暗喻道之不孤。“寒水托孤舟”谓虽有同道，但路还是每人自己走的，且所遇到的不乏“寒水”这样的不利之境。后两句谓送别了知己，人与月同愁。此诗写的不是愁，而是作者对友情的珍惜。第二句或可改为“寒水荡孤舟”，以增强动感。

回校

愁倚堂前望，园中翠鸟鸣。
黄昏独离去，路上柳枝横。

评：首句的“愁”字已点明全诗主旨。但在这种时刻，诗人所看到的偏偏是“翠鸟鸣”这种热闹景象。当寂寥心情遇上热闹景况，其实更增寂寥。这个写作手法是有诗味的。第三句写诗人独自离去，却看见路上有许多柳枝。古人送别，有折柳相赠的习惯。此刻诗人独自看见许多柳枝，又把“愁”字写深了一层。此诗极道寂寥心情，而借景发出，并不给人颓唐之感。诗句当如是。唯“园中”和“路上”两个方位词略嫌犯复，可以把“路上”改为“满路”。

思　乡

饮酒看遥雁，轻烟醉白云。
秦川相别后，笛语有谁闻。

评：此诗写思乡之情。首句说诗人饮酒看雁。雁随着季节迁徙，状态是不停地奔走。作者自比为雁，远离了故乡。第二句写白云被轻烟吹拂，晃动起来像个醉汉，其实是诗人自醉。秦川是诗人故乡，笛语是笛子声音。在古人的语境中，闻笛有怀旧的意味，刘禹锡说：“怀旧空吟闻笛赋。”后两句说诗人远离故乡，虽有怀旧之心，而无人意会。不说思乡，但思乡之意在言外，这也是绝句应有的调性。

对仗

本次练习于2018年10月进行，由我主持以及评点，参与者方君与高君，均是高中学生。主要学习属对，拈出古人名句进行对仗练习。

对仗参考：

出句：风定花犹落（谢贞）
对句：鸟鸣山更幽（王籍）

出句：劝君更尽一杯酒（王维）
对句：与尔同销万古愁（李白）

出句：莫放春秋佳日过
对句：最难风雨故人来（清人对联）

出句：明月几时有（苏轼）
对句：小窗何事开（邹金灿）

方君：

风定花犹落，人离意未消。

评：初稿作“人离意未亡”，末字下得突兀，建议修改。作者自改为“消”。对仗贵能“辞断意连”。这两句的意思贯通，作者已有诗句意识。

明月几时有，远钟何处闻。

评：初稿作“金钟何处闻”，金与明对仗不工，建议改为“远”。结构很稳当，但上下联的意脉不甚通畅。

劝君更尽一杯酒，许我还期几世缘。

评：下联意思对上联有延展，对得好。初稿为“请我还将几世缘”，“请我”不符合古典诗歌习惯，建议改为“许我”。“将……缘”这个表述不通，建议改为“期……缘”。

莫放春秋佳日过，常回农舍绿田游。

评：一次成稿，稳当，上下联的意脉也连得上。只是表述太白话，还可以更雅驯一些。

高君：

风定花犹落，雨穷云未游。

评：平仄结构稳当，但表述不太通，属于“硬对”，与上联的意思关联性不强。

明月几时有，故人何处逢。

评：意脉完美接上，对得好。

劝君更尽一杯酒，叹月不能千代明。

评：用意相当好，唯“叹”字力道弱了，不如用“恨”。

莫放春秋佳日过，不惊风雪漫天扬。

评：初稿为“最闲草叶夕阳红”，表述不通，数次改易成此稿。两句意脉不甚贯通。

基本功：如何模仿古人的七言诗句

摹古是写诗之路上必不可少的一项基本功，需要长期积累。

在当今世上，能诗之士不少，然而作品能够经得起细读的不多。造成这种情况的原因，往往在于作者不能持续摹古，稍微熟悉写诗套路之后，就任心自运，结果越写越平庸而不自知，作品看上去像一回事，细究起来却有许多毛病。

如果说写五言诗还可以取巧的话，那么写七言诗要取巧就不那么容易了。这是因为，五言诗可以堆积实词（如“鸡声茅店月，人迹板桥霜”），但七言诗不能总是这样做，多出的两个字不是让你继续堆积实词的，而是要做出更多变化。

所以，我们要想写出有味的七言诗句，更需要扎实地去模仿古人，把握到七言诗的运笔要领。

2018年，我组织了一批曾经向我学过诗的朋友，专门就“如何模仿古人的七言诗句”这一主题，进行了几次练习。

参与者的学历自本科至博士不等，由我主持并出题。在这个过程中，我也参与了练习，并对诸君的诗句进行了点评，现分享如下。

远寺分钟侵客枕

本次练习于2018年春举行，具体做法是选出前贤对仗的诗句进行模仿写作，每人各写一联诗。

要求：新撰的两个诗句，不必一定要沿用原诗的句式，但在述意上，两句都最好要有原诗的一些痕迹。

说明：这是在做训练，不是在写诗，所以规定两句都要带上一点原诗痕迹；如果是写诗则不必拘泥于此，可多方面采撷他人作品进入自己诗里，高明者能达浑化无迹之境。

原诗：

陈曾寿：远寺分钟侵客枕，晓寒连海冻瓶花。

模仿成果及点评（按交稿时间先后排序）：

曾君：碧海无声渡河汉，寒蝉有梦到天涯。

评：出句不通，“碧海”如何渡“河汉”？上下两句意脉断裂。只是取用陈曾寿句式，述意没有原诗痕迹。

李君：碧海扬波恩内热，炎方多瘴费松醪。

评：“恩内热”不通，且与下句的“费松醪”不对仗。上句写“热”，下句写“炎方”，辞费。整体病与上同，只取用原诗句式，述意没有原诗痕迹。

邹金灿：世事分霜深客路，天风立海见晨星。

评：“立海”取自东坡“天外黑风吹海立”。

叶君：落日散烟干鹊羽，鸣蝉居要送荷风。

评：“居要津”不宜省略为“居要”。两句只是取用原诗句式，述意没有原诗痕迹。

总结：模仿之前，要对原诗进行审美，然后才有取舍。“远寺分钟侵客枕，晓寒连海冻瓶花”，出句的精彩处在“分”与“侵”两个字，把寺庙赋予人格。至于对句，精华处则在“海”与“瓶”，前者大，后者小。值得注意的是，陈曾寿这里的“海”字，并非真正的海，而是暴雨，前人多有此例，比如陈与义写雨：“海压竹枝低复举，风吹山角晦还明。”这里的“海”也是暴雨。鄙人模仿而成的新句：“世事分霜深客路，天风立海见晨星。”（按：本次雅集之后鄙人将这两句写入一首律诗里，具体诗作见附录的诗选）出句保留了原诗极具力量的“分”字，为避免蹈袭，不保留“侵”字。至于对句，则保留了意境浩大的“海”字。出句写世事艰难，对句翻转一层意思说：在极其恶劣的环境之下，恰好能够出现稀有的事物（晨星）。

秋来东道最思君

本次练习于2018年春举行，同样也是取出前贤对仗的诗句进行模仿，每人写出新的一联，具体要求与上同。

原诗：

陈曾寿：别后西湖空付我，秋来东道最思君。

模仿成果及点评（按交稿时间先后排序）：

叶君：客中玉枕难为梦，棋罢江村许烂柯。

评：上句有作意，下句凑泊。只是取用原诗句式，没有原诗痕迹。

李君：醒去西州空避路，夜来秋雨每沾襟。

评：有模仿原诗痕迹，但下句显得凑泊。

曾君：池畔碧痕空付梦，眼前远路已扬尘。

评：有原诗痕迹且两句意脉相连，很好。

说明：

陈曾寿原诗“别后西湖空付我，秋来东道最思君”的精彩处在于以大“湖”付小“我”，对句“最思君”显情深。

四年风露侵游子

本次练习于2018年夏进行，由我主持，内容是模仿陈与义对仗的诗句，每人新撰一联，要求与上同。

原诗：

陈与义：四年风露侵游子，十月江湖吐乱洲。

模仿成果及点评（按交稿时间先后排序）：

张君：比年燕梦惊游子，满目海霞吞碧城。

评：上句前四字化自陈与义诗句“燕子经年梦”，不过把此句约为“燕梦”一词，未安，古人罕用，或可再改。下句“吞”字由原诗的“吐”字引发，反其意而用之，好。

罗君：一时虚价酬周鼎，到处神方说越人。

评：上句化自黄庭坚“周鼎不酬康瓠价”，下句化自苏轼“桓侯初笑越人方”。句式与原诗相近，但两句没有原诗痕迹。

林君：一秋寒雨悲迁客，万仞孤峰击怒云。

评：上句有原诗意味。下句无原诗痕迹，“击”字可为“吐”字。另外，下句有句中对：万、孤。上句宜在相同的位置使用句中对。

陈君：一城花影怜羁客，满耳江声挽钓舟。

评：上句弱了。声音本是用耳听，下句用“耳”搭配“声”，平了，可用其他词汇以生新。下句无原诗痕迹。“挽”可为“吞”。

黄君（甲）：竹外寒声耽客梦，云中肃气满江城。

评：“耽”字平。“云中”搭配“肃气”，辞费，可用其他词汇替换“云中”。下句没有原诗痕迹。

周君：一番风雨疏秋梦，几处箫声近客舟。

评：使用了原诗句式，但述意没有原诗痕迹。

谢君：十里回风欺客履，一秋残日下江流。

评：上句有原诗痕迹，亦暗用陈师道的诗句“九日清尊欺白发”，好。下句没有原诗痕迹，意思平淡了些：江流之势即为“下”，既用“江流”，就不必用“下”字，或可改为：“一江残日吐秋城。”

曾君：三声梧叶侵山枕，一笑江楼无杏花。

评：“三声”没有着落，如搭配“猿”字则属稳当（杜甫诗句：听猿实下三声泪）。下句凑泊。

黄君（乙）：几度风尘惊客袂，无边云树立寒山。

评：上句好，意从原诗化出。下句没有原诗痕迹。

郑君：一程骇浪侵归梦，两岸摧风对险途。

评：上句“程”不如“城”。“摧风”不通。下句没有原诗痕迹。

李君：如潮花影侵鹅服，弹铗长歌动碧霄。

评：“花影”“长歌”不对仗。“鹅服”“碧霄”不对仗。下句没有原诗痕迹。

萧君：一声北雁劳征客，两瓣秋英制暮龄。

评：上句有原诗痕迹，表述还可以更讲究一些。雁本身有征尘味道，既用“北雁”，就不必说“征”字，两词保留其一即可。下句没有原诗痕迹。“制暮龄”不通。陶渊明诗：“酒能祛百虑，菊解制颓龄。”此处“制”是对“颓”而言的。制颓，止颓也。胡安国诗：“不须篱畔菊，能制暮龄颓。”“制”后用一“颓”字乃安。

黄君（丙）：连天急雨伤愁客，隔岁寒梅阁瘦躯。

评：“愁客”与“瘦躯”，言异意同，且主体均在“我”，两词保留其一即可，另一词更换主体，让两句跌宕开去。下句没有原诗痕迹。

总结：写诗时模仿前人，不能机械地取用古人的成句，而是化整为散，先拆解古人句子，然后组装出新句。这个过程其实就是由模仿而出新了。

进阶：怎样修改一首诗

古人说：“吟安一个字，捻断数茎须。”说的是诗人苦心写诗、改诗的情景。许多人把这两句话当作笑谈，然而真正深入学过写诗的人，都知道这绝不是夸张的话语，而是写实。

一首诗写好之后，有的不需要改，有的则需要反复改。《诗人玉屑》说：

赋诗十首，不若改诗一首。少陵有“新诗改罢自长吟”之句，虽少陵之才，亦须改定。

在初学阶段，更免不了反复修改这个过程，甚至出现初稿与定稿是两首诗的情况。

“改诗”这件事的本质，不是要追求完美，而是用最严苛的眼光审视自己的作品。这个做法确保的不是写出好作品，而是尽量减少疏漏。

不过，对于初学者来说，在修改自己作品这件事上往往有两个掣肘。

首先，初学者限于学力，不易发现作品的毛病。例如在现实的写作当中，就有很多人的诗句不符合文言表述习惯，但作者并不觉得有问题，反而认为是在创新。也有不少人喜欢把古人诗句稍微改一下，然后放进自己的诗作里，犯了蹈袭毛病而不自知。更有写诗多年的人，并不知道律诗中间两联的句式应避免犯复。

其次，人在看待自己作品的时候，眼光容易过度温情，会觉得这句也好、那句也妙，在思维阻滞的时候，也不忍心舍弃之前的思路。在这种情况下，不容易让自己的诗减少一些疏漏。

所以我们刚开始学写诗的时候，要有不怕批评（哪怕是遇到不妥当的评语）的勇气，多把作品拿出来就正于能诗之人。在逐渐熟悉写诗的各种避忌之后，就可以对自己的作品进行有效的改订了。

对于别人的意见，如果我们觉得不合理的，大可不必遵守。但不能不听取他人的意见，不然就是深闭固拒，难以长进。

2018年秋天，我对两位诗友进行了一次写诗的强化练习。流程是这样的：我出题，诗友写诗，诗成之后，由我进行点评并提出修改建议，作者修改之后再交稿，我再点评。如是往复多遍之后才定稿。

两位朋友都学诗数年，已积累了大量的背诵与写作功夫，是同龄人中的俊秀者。她们虽然不是初学者，但我相信这个练习的过程应该对初学者有益。征得她们同意，现将过程形成文字公布如下。

在练习开始前，我给两位朋友写了一份说明文字，先建立一些基础共识：

> 一、写作过程中要“目中无人”，既无古人，亦无今人。这句话应该怎么理解？古之学者为己。你们的人生使命，不是为了写出让任何人满意的诗，所以下笔的时候，只需要对自己负责，有所触动，即大胆地表述出来。
>
> 二、写作是非常个人的事情，所以必须确立这个共识：世间所有人给你们的写作建议，你们都只能视为对你的加法，为你们增添一种可能性，而不是开示唯一的道路让你们去走。
>
> 三、我会对你们的作品给出意见（评点或修改建议），在这些意见里，我希望尽量往“不要做什么”的方向前进（因为坏诗往往有相同的坏），减少甚至不往“要做到什

么”的方向用力（因为好诗各有不同的好）。谈不上金针度人，只是把我的诗学观都拿出来给你们审视。所有意见都仅供参考，如果有不符合事实或不合情理之处，你们要马上提出异议。

四、一个人写出什么样的诗，取决于此人希望自己成为什么样的人。这部分的内容，是不需要对外宣示，也是不能教的。

五、任何人对学诗者做的这种练习，一次就足够了，多了反而不好。

读《三国志·管宁传》

题目：读《三国志·管宁传》。韵部不限，作七律一首。

解题：管宁是中国文化中影响深远的人物。东汉末年，天下大乱，他从中原来到辽东避难。当中原大体安定的时候，他离开辽东返回中原，不久后辽东就发生了动乱。其后，管宁一直不答应曹魏政府的征辟，坚持布衣身份躬行教化之事。管宁其人，既严峻（与华歆割席、坚拒曹魏），又变通（出走中原、离开辽东），可谓读书有神。个人与时势应该如何相处，从古至今都是大问题。在今天，我们仍然需要细味管宁的人生。

作者：沈舟（时为硕士研究生）

用时：一个月（从写出初稿到定稿）

第一次评改

沈舟提交初稿：

飓风吹客不成行。夜雨高楼我独望。
欲以乘桴心的的，翻然持节意茫茫。
洛阳人去朱门乱，辽海东来沂水香。
且入江湖能化俗，岂言怀抱一身藏。

邹金灿（以下简称“邹”）：首联跟管宁的事没有关系，乍看还以为是咏怀诗，此处应该迅速点题。

第三句不通。“的的”是分明、光亮貌，“欲乘桴心的的”是通的，但前面加一个“以”字就不通了。

第四句“持节”的本义，是指使臣执持符节出行，常见说法有“苏武持节”。持节一说与管宁的人生行迹不符。而且管宁是否有“意茫茫”的表现？他可是在每个关键的人生环节上，都做出了非常明智的抉择。

第五句“朱门乱”不当，当时乱的不仅仅是朱门，更是全天下。

第六句“辽海东来”不通，常语道“紫气东来”，说的是紫气从东而来。实际的情况是，管宁从辽东回到北海，不是辽海从东而来，因此可以说是“辽海归来”，但后面的“沂水香”三字不太通，当改。

第七句不成诗句，“化俗”二字不必说，有头巾气。末句不通。

全诗再修改。

第二次评改

沈舟提交改稿：

避席管宁心的的，杳然清气濯沧浪。
潜龙东去中原乱，辽海西归晚岁长。
旧日门庭语经典，当时邻里接甘棠。
细推事理非忘世，慷慨歌风对暮凉。

邹：管宁究竟是割席还是避席？要想清楚。“气濯沧浪”不太通，或可为“动三光”。

第二联的“西归”和“东去”只保留一个就可以了。第四句或可用触蛮争战的意思来对管宁避世。

第三联平淡了些，弊在直露。“旧日”对“当时”犯复了。

末句“对暮凉”不通。

诗里最宝贵的元素是感情。即使写历史人物题材的诗，我们也需要灌注感情，比如可以传达出一些情绪：像管宁这样的人，今天怎么没有（或那么难见到）了呢？又或者说：这样的人如果在今天，究竟会怎么样呢？

第三次评改

沈舟提交改稿：

割席管宁心的的，杳然清气濯三光。
潜龙东去中原乱，远客徐看蜗角忙。

岂谓山河无白昼，当时邻里接甘棠。
即今犹有风霜急，饮罢何妨人海藏。

邹：“远客徐看”未安，可改。“蜗角”与“中原”对仗不算工稳，但好处是以极小对极大，如果没有更好的词替代，可以保留。

第二句有了“三光”（日月星），所以第五句的“白昼”要改，不然有重合的地方。“岂谓”与“当时”不对仗，一定要改。第三联是一首诗的腰，对仗要尽量稳当。

总而言之，下笔的时候，一定要知道自己在说些什么，要不断地去理清全诗逻辑，尽量避免重复表述。

第四次评改

沈舟提交改稿：

割席管宁心的的，杳然清气动三光。
潜龙东去中原乱，忧世近看蜗角忙。
岂谓头颅虚白发，却教邻里咏甘棠。
即今虽有风霜急，饮罢何妨人海藏。

邹：第二联头两个字没有对稳，“潜龙”是偏正结构，“忧世”是动宾结构。不过用“世”字是没有错的，不妨查找以“世”字结尾的词汇，有哪些是合用的，或许可以用“异世”，因为“蜗角忙”是世世代代都有的情况。“头颅虚白发”辞费且无味，这里主要就是表达“虚白发”这个意思，直接用这三字就可以了，“头颅”是赘笔。“邻里”平淡了一些，可以考虑换一个感情色彩鲜明点的词。

第五次评改

沈舟提交改稿：

割席管宁心的的，杳然清气动三光。
潜龙东去中原乱，异世还看蜗角忙。
岂谓前文催白发，却教黔首咏甘棠。
即今虽有风霜急，饮罢何妨人海藏。

说明：第三联想要表达的意思是，儒者常被批评皓首穷经、不周世用，然而管宁德化普通百姓，让典籍真正作用于现实世界。“甘棠”是召公遗爱的典故。

邹：五、六两句的意脉接上了。先放一放，下次再把第七句改一改，因为它的句式跟第四句有点相似。

第六次评改

沈舟提交改稿：

割席管宁心的的，杳然清气动三光。
潜龙东去中原乱，异世还看蜗角忙。
岂谓前文催白发，却教黔首咏甘棠。

于今我亦同孤月，饮罢何妨人海藏。

邹：“孤月”有来历吗？（沈：没有）在这首诗里，如果不直接出现“今”和“我”，可能会更好一些。第七句不如上一稿“即今虽有风霜急”，你觉得呢？

沈：我也觉得上一稿好些。

邹：可以保留上一稿，然后改动它。先改后面三个字，调整句式，不妨是“风兼×”？

沈：风兼雪。

邹：好，后五个字定下了。第四句的“异世”，在某种程度上包含了“今”的意思。所以第七句的前两个字，最好不要用时间类的词。现在先把“即今”拿掉，句子就成了“××虽有风兼雪”，未知的地方，或许可以用一个地理类的词。试想想，什么样的地方会“风兼雪”？可以用个笼统点的说法。

沈：尘途？（邹：弱了）中天？（邹：重了“中”字）高天？（邹：“高天虽有”跟“异世还看”的句式差不多，能错开就错开吧）天涯？（邹：这个可以）

邹：现在再细看全诗。第六句“黔首”（平民百姓）是个中性词，但因贾谊《过秦论》说过“以愚黔首”，所以“黔首”经常被人和“愚”字放在一起用，有不好的寓意。我们可以避用。用“闾巷”如何？它和“黔首”的意思一样，但感情色彩明亮一些。不过，这也不是什么大问题，视乎你的选择。

沈：用“闾巷”，不过它和“前文”不对仗。

邹：改到对仗为止。第六句的“甘棠”是出自哪里的内容？

沈：《诗经》。

邹：《诗》一般和什么并称？

沈：《诗》《书》！

邹： 嗯，管宁讲学，有讲《诗经》和《尚书》，所以用“诗书”也是贴切的。现在可以定稿了。末句“妨”字犯韵，但整句意思很好，如果没有更好的表述就不改了。李商隐“未妨惆怅是清狂”也是犯韵，不碍事。

定稿

读《三国志·管宁传》

割席管宁心的的，杳然清气动三光。
潜龙东去中原乱，异世还看蜗角忙。
岂谓诗书催白发，却教闾巷咏甘棠。
天涯虽有风兼雪，饮罢何妨人海藏。

戊戌小谷围送别

题目： 戊戌小谷围送别。韵部不限，作七律一首。

解题： 小谷围是广州市番禺区一个岛的名称，广州大学城所在地。写这首诗的时候，作者刚读完大三，此前刚刚送走了一批毕业离校、与她情谊深厚的朋友。有相聚的地方就有离别，离别涉及人与人的关系，这是人生的重要内容之一。可以这样说，如何写好一首送别诗，是学诗之路上的一门重要功课。

作者：何央（时为本科生）

用时：一个月

第一次评改

何央提交初稿：

此身久似一浮鸥。及过清江幸与俦。
当日弦歌多感慨，五湖风物好淹留。
心曾未负樽前意，客岂能吟岭表秋。
别绪如常终不是，只今北望片云收。

邹：首句“浮”字犯韵了，如果不是很必要，尽量不要犯韵。第二句“幸与俦”这种表述没有必要出现，诗里不用说客气话。“当日”跟“五湖”对得不稳，或可用“比岁”（连年的意思）。根据诗意，第三联“客”与“心”都在说作者自己，没有什么大分别，可以对得偏一些，如黄庭坚诗：“心犹未死杯中物，春不能朱镜里颜。”两句里面，“心”与“春”对得偏，所以好。第七句费解。

第二次评改

何央提交改稿：

此身久已逐沙鸥。及至珠江更放游。

比岁弦歌犹在耳，五湖风物忽成丘。
心曾未负书中意，客岂堪吟岭表秋。
醉眼偏看云散去，一生能对几风流。

邹：“逐”字可以再改，因为你此前一直在家乡上学，并未长时间远游。第七句“云散去”和第四句的意思有点重叠了，能避则避。第六句不通，如果一定要用这个意思，那么宁愿犯韵也要写成“客岂能留岭表秋”。第三联最好重写，出句无味，对句韵脚最好用一个形容词或者动词，因为第四句的韵脚是一个名词。

第三次评改

何央提交改稿：

此心久已梦飞鸥。及至珠江得放游。
比岁弦歌犹在耳，五湖物色忽经秋。
花生旧径人都去，笔落愁云势不收。
醉眼惊看寥落处，一生能对几风流。

邹：还可以继续雕琢。“人都去”表述生硬，第六句可以试用陶渊明《停云》典，陶公自序：“停云，思亲友也。”契合你的心情。第七句不太通，“寥落”或可为“潮落”。此诗基本上稳当了，末句还可以再斟酌，你还年轻，未来有无限可能性，不要出语过重。

第四次评改

何央提交改稿：

此心久已梦飞鸥。及至珠江得放游。
比岁弦歌犹在耳，五湖花草忽成丘。
灯深旧径人不见，笔赋停云春少留。
醉眼回看潮落处，人间偶得系行舟。

邹：末句味道寡淡了些，而且重了个“得”字，须再改。提供一个角度：今年你送别他人，明年你大学毕业，就是被送别的人了。可参考李商隐《木兰》诗：“洞庭波冷晓侵云。日日征帆送远人。几度木兰舟上望，不知元是此花身。”

何：“知谁更送木兰舟”如何？

邹：“知谁送我木兰舟”更清晰一些？

何：好！

定稿

戊戌小谷围送别

此心久已梦飞鸥。及至珠江得放游。
比岁弦歌犹在耳，五湖花草忽成丘。
灯深旧径人不见，笔赋停云春少留。
醉眼回看潮落处，知谁送我木兰舟。

雅集作品点评

与诗赛相比，雅集写诗、对对子这种活动，或许更能让学诗者受益。这是因为，诗赛要设立名目、奖金或奖品，利益方面的元素比较多，而雅集写诗则可以免去这些干扰因素，让写诗这件事更加纯粹一些。

雅集作品写出来之后，点评是至关重要的一个环节。不仅可以将作品就正于雅集之外的人，还可以每一位参与者都参与点评，各自谈论自己看到的亮点与问题。

由于雅集多是熟人之间进行的活动，点评者往往与作者熟识，为让点评者少受干扰，作品中尽量不要透露作者个人信息，同时组织者要对作品糊名了之后才交给点评者。

点评作品的时候，需要注意平衡这两点：首先，不应该鸡蛋里挑骨头，因为如果是带着“一定要找出毛病”的眼光去阅读作品，那么任何一个人的作品都会有问题，论者若是耽于此道，恐不免为刻薄；其次，评论者亦应提醒自己，点评不是鉴赏，如果只说好话，是很难让人真正受益的，所以如果确认问题是真切存在的，就需要直言不讳地指出来。

以下是我点评的两组雅集作品，参与者的学历从本科至博士不等，皆从我学过诗。诸君学诗的时间至少有六年，整体诗作造语雅驯，行气苍健，句法安排见功力，自非朝市作手可比，未来当更可期。但正因他们学诗时间不短，所以评价也相应严格一些。

读《后汉书·独行传》

汉朝人物尽英奇（刘子翚语）。汉代人物独具刚劲风味，这一点在《后汉书·独行传》中得到集中的体现。

本次雅集于2017年1月进行，题目为“读《后汉书·独行传》”，韵部不限，作七律一首，参与的诗友均是大学生，依次为：士瞿、约之、昭文、仪则、子焕（以齿为序），士瞿君汇总作品并糊名后，交付我来点评。

一

人生岂得疑高义，后汉丹青豁我怀。
中世介夫犹粹美，一朝风轨更清佳。
黄公肆志轻粱肉，严子栖居远帝阶。
育德应须刚絜性，蒙泉疏决水湝湝。

评：首句“岂得”二字，后无嗣响，若为“人生几许疑高义”，则能与次句无缝衔接。“后汉丹青”表述失当，若为“后汉清风”或“范氏丹青”则可。四句“更”字无着落。“黄公轻粱肉”费解。严子陵事见《后汉书·逸民传》，离题了。末联无味。

二

一篇持视釜中尘。道失周全特有人。

时眼尚明孤蘖在，世情非旧雪松亲。
却愁来日吾何适，渐紧西风马未驯。
江国鱼龙正邀饮，黑甜催客卜其邻。

评：起佳。“周全”不稳。“非旧”不稳。第五句转笔突兀。前四句与后四句意脉不甚通畅。通篇造语圆熟，但虚笔太多，与诗题扣合不稳。

三

六年颠沛困庠门。一炬史篇醒梦魂。
可共凡流久清浊，羌无士行忌亡存。
乱邦还许狷狂在，危国欲浇煨烬温。
隔世惟霜严似昨，且衔双泪荐芳樽。

评：诗人近六年生涯是否算得上“颠沛”？用词须精准。“久清浊”不如“任清浊”。“忌亡存”不通。“乱邦”“危国”犯复。“似昨”生硬，不如“似旧”。末句陈调。通篇述意阻滞，唯第二句通畅。

四

年来畏说路蹒跚。阅历风尘岂我难。
多谢巨卿真死友，也闻平仲愧儒冠。
势如不返江河去，气尚充盈天地宽。
今古仁人沥肝胆，两行热泪夜阑珊。

评：起说“蹒跚”，次说“难”，无乃太缠绕。“岂”字在后面欠缺余音。“多谢”辞费。“平仲愧儒冠”费解。五、六肤廓。末句俗调。

五

不费开关叫帝阍。沉沉青史照贞魂。
荣哀那系生鱼釜，造次但酬推食恩。
世异还堪思道在，霜严更恐乱云屯。
寒灰溺后谁能拨，静唤春回草木髡。

评：首联两句之间意脉断裂。三不通，或可为“荣哀那及鱼釜事”。四好。“思道在”头巾气。六、七犯复。末句弱了。

总结：离预期还是有一些距离。总体来说，这几首作品不是过于巧取（虚笔），就是失之豪夺（肤廓），泛语太多，不够充实。大抵未经打磨而成的篇章，在力道上终究有所欠缺，是以这几首诗初读觉得稳当，但循环数过之后，终嫌余韵不足。建议加强文言语感，疏通语句。减脂，即表述峻洁，尽力避免行文有重复或相似的地方。

夜行

本次雅集于2018年8月进行，题为“夜行”，韵部、体裁不限，作诗一首。参与的诗友均是大学生，依次为：古月、果行、仪则、子焕、子韫、子愚、子说（以交稿时间先后为序）。作品由仪则君汇总并糊名之后，交付我点评。

一

曳屐天涯百事违。浮云不尽思依依。

多情缺月怜我影，无限商风吹客衣。

草木离披秋露重，山河岑寂故人稀。

堕身世网谁抛得，羡尔沙鸥自在飞。

评：三句欠思虑，“影”即因“月”而生。四与五、三与六无大分别。七、八有味。意旨明晰，整体表述流畅，语句还可以更警拔些。

二

碧树生风暑气凉。吟哦独步雨微茫。

排天力壮少陵句，领首神迷陶令觞。

欲假云龙从此去，犹听鼓角一何长。

杳然忽见星辰在，目极东方似故乡。

评：“碧树生凉”，诗友们已在诗里多次化用了，慎勿作无谓重复。写诗尽量不要重复别人，也不要重复自己。各位诗友的写作过程中，“箫声、碧树生凉、乘桴、吟哦”这些表述，一人使用，即群起效仿，众口一词，是另一种俗，要引起足够的警觉。全诗似思乡又非思乡，意旨含糊。这种题材适宜入七绝或词。

三

饮罢名场车马声。夜凉吹面眼稍明。

一星烂漫知谁说，四海纷哗止独行。

木落影摇疑雨过，霜清香远感花迎。
欲眠忽记多诗病，黄卷青灯到五更。

评：“稍”字在诗中作仄声用。李商隐：“倚风行稍急，含雪语应寒。”苏轼：“屋雪号风苦战贫，纸窗迎日稍知春。”第二句不通，夜不能吹面。“知谁说”“止独行”于句中表述未安。五句有味，六句俗笔。七、八有陈与义诗味，还可以更活泼些。

四

鸣蛙专夜漫踟蹰。眼入幽芳兴转孤。
吹帽溪风数摇兀，惜花意绪未荒芜。
舟藏一壑须有力，身滞两间堪借凫。
谁付青山红黯淡，无端行色在斯须。

评：“幽”不如“群”。二句有“芳”，四句有“花”，未见两者有何不同。“须有力”不如“待有力”。“堪借凫”不如“须借凫”。七句“付青山红黯淡”不通。八句不通，多留意古人“斯须”用法。

五

夜行沧海上，天风何萧萧。倏然寒星落，入水即为桥。上通青冥路，下分大海潮。有客渡星桥，长衣飒飘飘。自云白龙子，升腾在碧霄。神骨生来异，仙界耸孤标。语罢徘徊久，忧愤终不销。浮生本多事，我亦倦尘嚣。怅望欲何言，相顾一扬镳。

评：文气未走完，中段客语以及最后部分表述皆不完整，宜加增补。语言过于流动，可再拙一些。五古语言宜质朴。

六

夜行于街市，蚩蚩其黎氓。哀此辉焕地，自古藏斗争。智者谋计深，愚者尚有营。智愚虽异等，落地皆劳生。谁怜生时苦，死后谁发声。何如乘风去，节物任枯荣。耳目为一净，怀古托幽情。欲访有力者，携吾骑长鲸。飘飖江海上，不复归重城。

评：多句直露无味。整体表述辞费，“乘风去”跟“骑长鲸”有何不同？笔意须多变，乃有波澜。

七

浮云吞昼夜，大法失其时。蚁穴泥沟上，江湖吐鸱夷。辞家学文章，遗风想攀追。偶值客归途，相视脚忘疲。客奇如鬼魅，慨赠以良规。陈迹久埋灭，况尔少年郎。孔方长驱使，汲汲百辱戕。叔夜尝睹吾，灭烛羞争光。欲寄昌黎居，诗文遣我亡。魍魉苦夜行，塞途何沸扬。宜寻无何有，呼吸云中央。慎矣汝不识，夙夕怪底忙。语罢卷衣去，电斜阴风猛。而我瞻四方，冥冥靡所骋。客言真不虚，逢客我之幸。欲白客无踪，知我钝如鲠。人言生不辰，屈曲俟槁颈。长恐坐拘囚，肯赴山中请。履霜歌在耳，永夜默自炳。得道者诚稀，知音者神领。戴月重行行，尘嚣得暂屏。

评：语言古直，符合五古调性。转韵不自然，古体诗终究还是平仄韵迭用为好。行文冗长，不无肥辞瘠义之弊，宜削减本稿并添说他意，使全诗要旨明晰。

总结：笔法还不够简练，古风多冗言。另外还需要继续锤炼整体诗意，一篇作品如果标题不是“漫兴”“率题”之类，宜有一个通贯始终的意旨（当然，这也不能成为定则），下笔之前可多想想：这首诗想说些什么？

诗赛作品点评

第二届召南杯

为鼓励大学生的古典诗歌写作热情，我创立的召南诗社办了一个召南杯诗赛，参赛对象为华南师范大学的在校学生。

2015年的召南杯诗赛，邀请了学者刘梦芙先生担任评委，刘先生定的题目是“秋夜”，体裁为七律，韵限下平十二侵，最后评出来的冠军作品如下：

极北天高三万里，一星如月伴孤斟。
从来失意登楼客，最是难眠未死心。
壁上青锋还吒啸，风前傲骨岂消沉。

江湖此夜蒹葭老，棋局犹哀万马喑。

此诗作者胡同学是召南诗社社员，得奖的时候正在读大四，可谓才气不凡。

以下是我对这首诗的详细点评。

这首诗的好处，在于结构特别清晰，也就是说，作者知道自己在说什么。初学者写诗，很多时候是不知道自己在说什么的，往往写得像一团浆糊，相近的意思在不同句子重复出现的情况不在少数。但这首诗的结构是非常清晰的——“极北天高三万里”，是一个很开阔的场景，然后马上就是“一星如月伴孤斟”，是一个很小的场景。从一个很大的场景突然转到一个很小的场景中，就有了一个跌宕的状态。

第二联是说作者自己此刻的心情。第三联再推进一层，说自己心中所坚持的东西。最后一联是结合这个世界的状况，发出自己内心的感慨，这是这首诗的精华所在。“棋局”出自杜甫的“闻道长安似弈棋”，“万马喑”出自龚自珍的“万马齐喑究可哀”。

综合看来，这首诗没有很生硬的造字、造词，而且还有一个比较深的寄托，尤其最后两句，寄意相当沉挚，所以它是当得起冠军之名的。

不过，在写作细节方面，这首诗还有一些可以更加讲究的地方。比方说，诗的首句没有入韵，不是七律的常格。不建议初学者采用这种写法。七言诗首句入韵是正格，五言诗首句不入韵是正格。这是因为，押韵的作用是把诗拉进同一个声音节奏里面，方便人诵读、记忆。因为七言比五言要长，所以应该在可以入韵的地方尽快入韵，让诗早点进入特定节奏里。我们看到，历代水平一流的七言近体诗，大部分都是首句入韵的。

至于首句不入韵的情况，古人称之为“以侧句入”（古人也把“仄声”称为“侧声”）。宋人洪迈在《容斋三笔》一书记载了友人叶黯的观点：

> 五十六言（七律），大抵多引韵起，若以侧句入，尤峻健。如老杜“幽栖地僻经过少，老病人扶再拜难”是也，然此犹是作对，若以散句起又佳，如“苦忆荆州醉司马，谪官樽俎定常开”是也。

按照叶黯的说法，首句不入韵的诗可以收取“峻健”的效果。下面这首诗，是叶黯本人作的七律：

此地相从惊岁晚，登临况是客归时。
却将襟抱向谁可，正尔艰难惟子知。
情到中年工作恶，别于生世易为悲。
梅花尽醉清江上，黯澹西风冻雨垂。

——《送容斋自福倅满归》其二

诗中的“作恶”，是抑郁不快的意思。《世说新语》：“谢太傅语王右军曰：‘中年伤于哀乐，与亲友别，辄作数日恶。’”叶黯此诗首句不入韵，这种情况常见于杜甫的七言律诗里面，宋人黄庭坚也经常用此格。

不过，对于初学者来说，写诗首句不入韵，不意味着在学杜甫、黄庭坚，而可能是因为图方便，毕竟这样可以少用一个韵字。我认为，初学者在写作变格之前，最好先熟悉正格，七言诗尽量用首句入韵的格式。当然了，得奖者胡同学已有几年的诗龄，不是初学者，不在这个论述范围内。

我们再来看得奖诗。第二句“一星如月伴孤斟”，存在一个化用上的小问题，“一星如月”出自清代诗人黄仲则在除夕写的一首七绝：

> 千家笑语漏迟迟。忧患潜从物外知。
> 悄立市桥人不识，一星如月看多时。
> ——《癸巳除夕偶成二首》其一

黄仲则诗的最后两句，说的是这样一个情况：除夕的时候，忧患当中的诗人，站在人来人往的桥上看星星。有道是月明星稀，月光明亮的时候，星星就稀少。没有月亮，黄仲则看什么呢？他就把星星当月亮看。

“一星如月”四个字带出了黄仲则的孤独状态。这首参赛诗后面用了“伴孤斟”，我认为这个“孤”字浪费了字位空间。因为对于熟悉黄仲则的人来说，他看到“一星如月”就会知道里面的意味，所以后面并不需要用“孤”字去渲染。

另外需要注意的是，“一星如月伴孤斟”直接取用了“一星如月看多时”里的四个字，不无蹈袭嫌疑。对于这种名句的化用，我们要更加谨慎，尽量不要原样搬过来。

参赛诗第二联“从来失意登楼客，最是难眠未死心”，这种句子不太好，它属于“容易句”，作者想要造成流水一气而下的效果，却显得“油”了。另外，诗里用了“登楼”，就不需要写“失意”了，即使不懂的人，也可以通过查阅王粲的《登楼赋》，猜到“登楼”两个字有什么味道。所以这两句的表述还欠了一些打磨的功夫。另外，“失意”和“难眠”的对仗并不是很稳。

我建议“登楼”和“失意”两个词不必用上，是因为有这样一层考虑：古人在写作的时候，往往是假设读者读书比自己多（或者至少跟自己一样多）。我们也应该向古人学这一点，写东西的时候有这种预设，我们才会有长足的进步。所以在这样的思路之下，当我们把一首诗写出来后，最得体的做法，就是千万不要“自作郑笺”，也就是说不要笺注自己的诗，尤其是对于那种熟典，更加不用出注。除非诗里用了只有你自己知道的“本事”，那就可以出注，简要地说明一下。

第三联“壁上青锋还叱啸，风前傲骨岂消沉”，这个对仗比第二联要好一些，但是弊在过于直露。第四联“江湖此夜蒹葭老，棋局犹哀万马喑”，感慨遥深，非常好，是全诗最可圈可点的地方。一个年轻学子能够写出这么厚重的诗句，是很可贵的。

总体来说，这是一首匹配得上本届诗赛冠军的诗，但是也有一些技术不细腻的地方。我们写诗的时候，固然不可能完全避免瑕疵的出现，但是对于一些比较明显的毛病，应当尽量避免。

第三届召南杯

本届诗赛由召南诗社于2017年6月举办，题目为“梦游蓬莱山”，体裁为七言律诗，韵限《平水韵》下平一先。我担任评委并对得奖作品进行点评。

冠军　包同学

东海无涯岸在天。舟行跛鳖只忧煎。
渐忘身世嚣尘上，不觉神山近眼前。
回首岁华堪自问，齐肩蟾魄向谁圆。
寸心一度经时淬，拔剑终须动地泉。

评：寄意幽微，神气潜转。内蓄英韵，外有沉着之姿，句法变化从容，收结有远致，功力深厚。唯“一度经时”语欠妥帖。

亚军　林同学

鹏翼御风携我去，苍冥碧海两茫然。
从来弃绝游仙枕，何故思量梦蝶篇。
观浪多叹龙伯钓，乘桴应愧谢公船。
玉鸡一唱惊天下，吾辈亦当今世先。

评：风仪俊迈，酣畅无加，少年气象动摇人心。中二联句式稍嫌雷同。末句欲扬，乃成虚声。

季军　谢同学

杯里江河应倒悬。紫车一夜玉山巅。
出霄鸟使相斜睨，闭户天阍方晏眠。
独客云行耽绝境，醉魂烟散失多年。
幽思又极人间事，到晓生风更悚然。

评：起笔铮亮人目，前四句有雷声殷耳，惜乎后力不济，略显肤廓。醉魂句生硬，末句凑泊。

优异奖　朱同学

着我箫声一旷然。相逢始学卧云烟。
同看白鹿归岩下，独有青萝拂梦边。
顷刻知难重到眼，形骸寄可渐忘筌。
迢遥莫问安期枣，回向人间化海田。

评：通体浑融，吐属大方，笔法纵横跌宕，非积学久者不能为。有昂藏之致，乏警策之言。

优异奖　陈同学

涨落涛声到枕边。星光明灭度苍玄。
轰然鹤唳开云殿，清矣风传铺玉筵。
斟酌棋坪连会府，翦裁霞绮变桑田。
黄粱已熟辞华实，宁寄蜉蝣不羡仙。

评：兴会高标，寓思貌绵。“清矣”“黄粱”句不甚通。前七句后三字结构相近，节奏单调。“坪”宜作“枰”。

答问录：在现在这个时代，学写诗究竟有什么用？

活动：召南诗社雅集

地点：广州大学城华南师范大学

时间：2018年11月27日

开场白

邹金灿（以下简称“邹”）：这次来和大家见面，就是跟大家聊聊天，大家有什么问题都可以问。

先说一下我自己最近做的事情。这两个月，我应邀在广州开了一个学诗小班，教了几位高中生写诗。她们的父母是我的兄长，早年毕业于国内某985高校，几位同学就读于广东省的顶级高中。我给她们上了八节课，她们做得特别好，学格律非常快，对于五绝还有五律的写作也掌握得非常迅速。我跟她们说，学写诗就是学着用古人的口吻来说话。另外呢，我还把陈沚斋先生的这个观点转告给了她们：旧诗要旧，新诗要新。这是两条路，你不能把它们并在一块。

她们写的第一首五绝，很像样。刚开始写的时候，我要她们尽量做到两件事。第一件事就是学会在诗里安排出画面和声音，比如李商隐“露如微霰下前池，风过回塘万竹悲”，第一句是视觉，第二句是听觉，像这样的例子就很多了；第二件事是不妨尝试一下在诗里做一些叙事，同时慎重在诗里发议论。我们知道，高中生往往习惯写议论文，但是千万不要把这个习惯移植到古典诗歌的写作里面，因为刚开始学写诗的时候，议论是很难写好的。至于练到一定程度后，你每一句都是议论也一样可以写出好诗，但那是另外一个维度的事情了，这里不展开说。

今天和大家做的这个交流会，除了分享我最近做过的事情，也想了解一下大家刚开始学写诗的时候碰到的困惑或者难题。可以随心所欲地聊，尤其欢迎新社员说话。

用典，是请古人为自己撑腰

梁同学：我写诗经常会遇到写得很白话、一点诗味都没有的情况，在脑海中蹦出的句式都很相似，没有办法多样化。

邹：句式重复、表达直白，是初学时经常出现的问题，原因是文言语感不好。你要学会用诗的思维去想句子。这句话其实一点都不玄，你仔细留意前人诗句的表述就能发现：我们学写诗，就是学他们的口吻去说自己的心事。

比如说，你喜欢杜甫或者李白都没问题，但你不能去学他们的情感，那是他们自己的东西。比如，你喜欢苏东坡，但你的身世和苏东坡也很不一样，是不是？所以他为之喜、为之怒、为之哀、为之乐的事情，对你来说可能不是什么事情，你就不能学他的那些喜怒哀乐。这个是要记住的，就是说千万不要模仿人家的情感，毕竟那是只此一家、别无分店的东西。

诗句过于直白的问题，解决的方法很简单，那就是要刻意多用典。写诗的时候多查书，这个习惯我觉得应该养成。做这个事情不丢脸，李商隐也是那么干的，古人都说李商隐写诗的时候桌子是放着类书的，但这并不妨碍人家成为大诗人。

用典的好处是让你的诗句更有味道，说白了，用典的本质就是请古人为你撑腰。比如说苏轼的诗句："岂意青州六从事，化为乌有一先生。"有个朋友答应送六壶酒给他，但没有兑现这个诺言，然后苏轼就写诗戏谑他。"青州从事"就是酒的意思，你们查一下就知道了，"六从事"指的是六壶酒；"化为乌有"用的是"乌有先生"的典故，其实就是说：你答应送我的六壶酒为啥到现在还没来？这种话如果不借助典故而直接说出来，就很没有味道了。

用典分两种：一种是事典，一种是语典。其实诗人用典是比较灵活的，他们往往用的是语典，在具体的字词上，沾一点点典故的边。黄庭坚的"桃李春风一杯酒，江湖夜雨十年灯"，两句里面可以有很多典故，但也可以视为没有典故，这是很高明的写法——我认为最好的用典就是这样子的，避免典故一破就了无余味的尴尬。

所以建议你写诗的时候，可以多查典故，刻意多用典。读古人作品的时候，如果遇到你觉得可以用的典故，不妨记下来，然后在下一首诗里面用进去。典故是一个个积累起来的，不用要求自己第一次读的时候都能记住，但只要看过了，你以后就知道应该怎么去查。

写诗缺乏情感怎么办

许同学：写七律的话，我一个感觉就是情感不知道应该表达什么。古人可以写归隐，可以写边塞，可以写羁旅。但是我现在不可能去边塞，也不可能被贬谪，没有这些情感，不知道我写诗能表达什么以及怎么表达。

邹：你喜欢什么诗人？

许：我觉得李商隐挺好的。

邹：李商隐的诗有很多很隐蔽的情感，就是说“非法的”情感，比如他爱上了他不该爱的人。你可以爱上一个你应该爱上的人，然后为她写诗啊！诗的题材应该是很宽广的，但有一个领域不要乱写，那就是跟爸妈相关的重大内容。我们知道，父母恩是世界上最重大的恩情，我们不要轻易用诗去触碰。大家只要稍微留意一下古人诗集，就会发现他们在关于爸妈的生死这件事情上，一般是没有诗的。甚至是挽联、祭文、墓志铭这种东西，他们往往也请别人来写。这可以说是一种不成文的规定。苏轼的祖父叫苏序——大家要注意，苏轼的诗文里面，“序”往往写成“叙”，是为了避他祖父的讳。苏序死了很多年后，他的儿子、苏轼的父亲苏洵，一直想请一个人给苏序写一篇墓志铭。但这件事还没办成，苏洵就去世了。后来就由苏轼去操办，他猜想，自己父亲想请的那个人，应该就是曾巩，于是写信给曾巩，恳求他能够为自己祖父苏序写一篇墓志铭。这封信写得非常好，大家可以去找来读读。你想想，苏洵如果适合去写苏序的墓志铭，哪需要假手于人呢？但是他不能写，他家族的人也不能写。

像《游子吟》那种诗，里面涉及的是牵挂、感念，跟生死这样的重要事项无关，写来无妨。但是跟父母有关的重要内容，千万不要自己动笔。

在此之外，你们有很多跟感情有关的题材可以写啊，比如友情，只要你很用心地去交朋友，友情就很值得去写。你在诗社内外，都会有交朋友啊，你现在是多少岁？

许：十八岁。

邹：多好的年纪！没有疑问的，你会爱慕上一个人，你的生活中也会有喜怒哀乐，这些情绪或者感觉都可以入诗。如果觉得没有的话，就去多看看山水。现在的山水可能对于目前这个年纪的你来说，未必会有很强的触动作用，但多去游历一下是好事。另外一个方面，建议你多关注一下这个社会，因为你们在学校里面，生活在一个比较封闭的系统，但以后迟早要出来的，不妨关注一下现在这个世界是怎样变化的，它其实是和你密切相关，比如说疫苗，你能说跟你关系不大吗？另外，你在生活中，也会有很多很好的祝福要送给你的朋友，我觉得这都是可以入诗的啊。写了之后，你跟朋友的交往有诗作为见证，那多好啊。酒，喝了就没有了，但如果留下很多的诗，多年后再往回看，我觉得还是不错的。如果你觉得还是没什么可以写的话，那要考虑一下自己是不是太封闭了，如果是，那就要多走出去和朋友们交流。

你是诗的主宰

张同学：在写七律的过程中，我发现很多时候我想写一种感情，但是没有办法用一些景色去表达，前面和后面没有什么关联。就比如说我们上次去秋游看到的那些景色，但是好像我并没有太多的感触，然后又一定要把它写出来，这样子的话，情和景就没有很好地交融，也没有办法使它们有很大的关联性。这就是比较困扰我的一个问题。

邹：刚刚我和大家说起了李商隐的诗句“风过回塘万竹悲”，他在这里的处理，跟一切妙笔生花的诗人用的是一样的方法，就是把笔下的天地万物都人格化了。也就是说，你要将天地万物都赋予你的情感，将它们人格化。所以景色只是表象，诗的内核应该在你出发去看景色之前就已经有了。

比如苏轼的“野桃含笑竹篱短，溪柳自摇沙水清”，写的是诗人在野外看到的景象，把野桃和溪柳写得活蹦乱跳的，这说明当时苏轼的心情是很棒的，所以感觉天地万物都欣欣向荣。写诗没什么奥秘，常见的做法就是你是诗的主宰，不仅是文字为你所用，天地万物都要为你服务，让它们染上你的感情色彩。

词不达意怎么办

姚同学：我写七律的时候经常会词不达意，就是自己想表达的东西，别人读起来可能感受不到。

邹：诗不是叙述文章，不用那么精准的。

姚：可是完全偏离了。

邹：有具体例子吗？

姚：举我自己的吧。有一次诗社的作业是写七律，我写完后给师姐看，她说她完全联想不到我的用意。比如说有一句写我想当老师，就用了桃李典故，但是桃字的平仄不对，我安不进去。然后我只弄了个李字进去，诗句是："植李云崖粒坠枝。"云崖就是高危地带。师姐说，那是种不活东西的地方。但我想表达的意思是要在荒漠区去做教育的意思。

邹：云崖不是荒漠呀，云崖也会有很多花花草草的。

姚：我想表达这种意思，可是师姐读出来的意思是我想去隐居……

邹：这个问题我觉得是这样的，你一定要注意用词，"桃李"可以指教育、影响方面的内容，比如说"桃李不言，下自成蹊"。但如果"桃"跟"李"拆开，就没有那个意思了。我们写作的时候要注意，有些字是不能独用的，比如"彷徨"的"徨"，你就需要慎用。在这件事情上，我们要去注意古人用词的规范，有一些是没有明文规定的，比如"曾经沧海难为水，除却巫山不是云"，哪怕不管格律，你也不能写成"巫山除却不是云"，那个是现代白话的文法。古人的诗是不会把"除却"的客体前置到前面去的。古汉语有活用，但也不能胡乱搭配。如果你使用一个比较特别的表述，最好在前人的作品中找到相似的先例。

用词不精准的问题，解决的办法是：你使用的每一个汉字，字典都是有解释的，每个字都有各自的意思，你要仔细去查。如果字典或者前人的作品不支持你想表达的那个意思，那么你使用该字的时候就一定要慎重了。

一定要开口，开口，开口

张同学：我以前看过一篇文章，说诗要写得自然流畅，要下很大的功夫让别人看不出你做了修辞。现在我感觉自己写得太直白了，又想附庸一下风雅，然后就生造一些词，然后就很尴尬。

邹：然后呢？

张：然后就不知道该怎么办了。

邹：背诗多吗？

张：天天早上背。

邹：学古是一辈子的事。所以我还是那句话，多去背一些诗，留意诗人是用怎样的口吻去说话的。然后呢，“附庸风雅”本身不是一个坏词，毕竟附庸着附庸着，风雅就成真了，你说是不是？谁都是从零开始的，我们都是从一张白纸慢慢学起的。

在具体做法上，慎重用白话转成文言。这是两个系统。诗是属于文言系统的文学体裁，你要学会用文言的思维来说话。

张：我也不是说去转，我是说一句诗写出来感觉太差了，就想把它改得好一点，然后就生造了。

邹：生造词汇是不行的。古人说“自铸伟词”，这个说法已经讲得很明白：得要是伟词，才能自铸。现在数据库那么发达，你们大可以勤奋地去搜索，古典词汇真的是够你一辈子使用的，根本不需要花费力气生造，那是吃力不讨好的事情。一百多年前，梁启超、黄遵宪他们发起了一场诗界革命，试图把声光电化这些新词汇融到古典诗歌写作当中。这个尝试后来证明是失败的，因为完全没必要这样子写。

同样的道理，在今天也不用考虑新词入诗的问题。你如果一定要用新词汇的话，可以去写新诗，或者说偶尔在一首古典诗歌当中点缀一下也没有问题，前提是不要损失整首诗的雅驯程度。

写古典诗歌，需要做到语言雅驯，不然这件事就不值得去做。雅驯，需要你积累大量的文言词汇，就意味着你要多背作品，不仅仅是背诗，还有文言文。你现在学写律诗，所以是看近体诗比较多吧？建议你不妨多去读一下古体诗和文言文。文言文的话，我建议多读《史记》《汉书》，其次才是唐宋八大家。《史记》如果你没有精力通读的话，可以挑一些很不错的篇章，像《项羽本纪》《高祖本纪》《孔子世家》《魏其武安侯列传》等等，都可以反复去读，感受《史记》的文气。

然后在读的过程中，一定要开口，一定要开口，一定要开口——重要的事情说三遍。我们平常读书，往往是默读。开口，就是让古人的辞章来训练自己的声口。默读的效果跟开口读是差很远的。我以前背下了很多诗，之后多年不读，现在都记得很清楚，因为我当时读的时候是开口吟诵的。不久前我去做一个雅集，应邀吟诵《春江花月夜》，一字不差地背了出来，其实我很长时间没有重温这首长诗了，当时纯粹是之前练的声音节奏在带着我走。所以大家平常读诗，一定要刻意做开口的训练。刚刚说我们要学习古人说话的口吻，我想如果你认真地开口读一些诗，就很容易感知到各个诗人的口吻是很不同的。

“有组织”“有预谋”地布置诗的结构

李同学：我现在写七律遇到的一个问题是意脉断裂，前后关联不大。这个问题怎么解决？

邹：要去多读一些宋诗。宋诗和唐诗有很大的区别，我写的《唐宋诗会意》一书里面谈了很多，有兴趣可以去看一下。唐人许浑写的《咸阳城东楼》，“溪云初起日沉阁，山雨欲来风满楼”，是很棒的传世名篇，特点很明显，上下两句关联性是不强的；同时像“云、日、山、雨、风”这种最常用景语都挤在一块了。这个做法，在许浑那里是可以成一个名联，但是在我们写的时候，就可能成为一个诗病，因为我们再这样子写的话，就很大路货了。

宋人写诗呢，往往像说话。像黄庭坚的《道中寄景珍兼简庾元镇》，“传语濠州贤刺史，隔年诗债几时还”，这两句是说，在濠州当刺史的那个朋友，去年的诗债什么时候还？这种写法，两句是斩不断的，必须连起来读才成一个完整的意思。大家要注意，这是一首七律的开头。再比如，“我居北海君南海，寄雁传书谢不能”，也是必须连起来读才有一个完整的意思。这种不经意的说话，其实是经过很多训练才能得来的。陈与义的诗句“邓州谁亦解丹青，画我羸骖晚出城”，也是一首七律的开头，跟刚刚说的黄庭坚诗句都是同样的做法。这种做法能够成立的前提是，你在下笔的时候，就已经全局在胸。

有一次我和朋友喝茶，他拎出了唐人刘长卿的诗“鹤老难知岁”作为上联，让在场的人对出下句。我对了“天寒不问津”，发到了微博上。有人说，你这句跟刘长卿的出句不是很关联啊。这位读者不知道，刘长卿的出句是说鹤老了，难以计算或者是懒得计算自己有多少岁，这是一种纯任自然的状态；那么，天寒到了极致会怎么样？渡口会结冰，渡口结冰了，你问津是没有用的，对吧？所以“天寒不问津”也是一种纯任自然的逻辑。另外呢，“问津”事关前路怎么走的问题，它应该比“知岁”更加重要，所以对句的“不问津”，也把上句的意思往更深的地方推进了一步。

刚刚说的是一联两句之间的关联。至于联与联之间的关联，那就是整首诗的全局性问题了，这需要你在写的时候，就已经对全诗做好了一个安排。古人写诗，往往是写完之后才放题目的。但是我们练诗的时候，可以先有了题目之后再去写。有了题目，你就会去做好布局，安排好全诗的节奏，以及考虑各句之间应该如何照应。也就是说，刚开始写诗的时候，需要有组织、有预谋地去安排全诗的结构。等你练得很熟了，就可以写“纵笔”“率题”之类的作品了。

一首诗的布局，也跟一联内的句子一样，要讲究一定的逻辑，不然就是瞎写。所以你动笔写之前，一定要安排结构，就像写小说一样。笔下的意思应不应该那么早出场，你要心里有数。一个成熟的写诗的人想到一个得意句子，他会马上能够判断出这个句子适合用在古体诗还是近体诗里，如果是在律诗里，应该出现在哪个位置上，可能是第一句，也可能是最后一句。

然后需要做到的是，写出来尽量不要出现这种情况——和你有同等学力的人，拿着你的诗来问你：哎呀，你这句想要表达什么东西、那句是想说些啥？在这个时候你就要注意了，除非作品里面有他不懂的典故同时他又没去查，这就另当别论，如果他都查了还是这样问你，那你这首诗很可能不是好诗。你看古人诗的时候应该不会有这种感觉吧？往往是你查清楚里面的典故之后，对于古人的诗意就能够大体把握住了。

一首诗，可以有、也应该有不清晰的地方，比如说具体的指向。李商隐的《锦瑟》，千百年来没有人能给出确切的解读，但这不妨碍它是一首好诗。另外，一首诗也需要有清晰的地方，比如情绪，我认为就需要明晰。还是举《锦瑟》为例，对于这首诗，尽管我们真的很难读懂，但我们至少知道，它表达的是一种怅惘、伤感的情绪。这个是可以确定的，对吧？如果连这种确定性都不要，那么一首诗写出来，连作者自己都不知道想表达些什么，那还不如不写。

先别着急判定前人的高低

刘同学：在写七律的过程中，我为了追求句法多变，会参考一下其他人的句法，发现韩愈的句法有一些很险、很灵活的地方，有时候句子结构非常罕见，又或者说虚词特别多，看起来没有那么厚重。像这种句子，有时候我就很难判别什么是好，什么是坏，什么是飘的，什么是生硬的。韩愈有一些句子，节奏有“一六”分的。

邹：韩愈？“穆昔南征军不归”？

刘：不记得了，就记得有一个评论说他是有“一六”节奏的。

邹：刚刚我说的那句就是。是这样的，我们初学写诗的时候，不要学这个东西。韩愈的作品尤其是古体诗，有些表述是很怪的，比如“穆昔南征军不归”，这种诗句尽量不要出现在近体诗里面。原因很简单，你能用一个“穆”字代指周穆王，这个做法如果可以成立，那么是否意味着，我可以用一个“基”字来代指唐玄宗李隆基呢？没有这个道理啊，对吧？你用“周穆”来代指周穆王就可以，但一个“穆”字是不能指周穆王的。这种就是险笔，写近体诗要尽量避免。当然了，你如果很喜欢这种风格，想去尝试一下，那也无妨，但最好是用在古体诗里。

类似这样的艺术尝试，我个人觉得不存在好坏问题。大家入门之后，如果想继续在写诗这件事情上做出点不一样的东西，是需要尝试各种写法突破的。韩愈写诗寻求突破的思想，值得我们学习，事实上他的古体诗写得非常好，例如《秋怀》诗就非常值得一读，各位有空不妨去细看一下。

但是呢，我们也要知道，在开始学写诗的时候最好要先求文从字顺。其实韩愈传世的诗，基本都是文从字顺的。“天街小雨润如酥，草色遥看近却无。最是一年春好处，绝胜烟柳满皇都”，这很好读吧？他那首有名的古体诗《山石》，也并不拗口。如果刚开始写诗就用那种奇险的写法，意义是不大的。我们初学一样东西，最重要的事情是先把基础打得扎扎实实的，以后才能有更多求变的资本。我们应该永远记住这样一个现象：所有传世的名篇，都是文从字顺的。当然了，需要补充说明的是，这里说的传世名篇，不能等同于最好的诗。

初学写诗，也先别那么着急去进退前人、为他们排序。我们知道，哪怕是古代三四流的诗人，也是我们的老师。曹松这个诗人的名字，你听过吗？（答：没听过）嗯，没听过，但他的诗你肯定听过：“凭君莫话封侯事，一将功成万骨枯。”有这样的诗句传世，他足以不朽。所以，我们多放眼读书吧！

对仗宕得不开，应该怎么解决

谭同学：在对仗中，我是对稳了，但是宕不开，对得有点相似，这个问题怎么解决？

邹：要对“偏”一点。什么叫对得偏一点呢？《声律启蒙》以及你们知道的很多对联，往往是同一个门类里对仗的，云对雨，雪对风，晚照对晴空，诸如此类，总的特点就是对得“正”，天文对天文，颜色对颜色，动物对动物，等等。然而你如果要自己的对仗宕开的话，就不能对得太正，像“紫”对“朱”，“有”对“无”，看上去是相反，但骨子里也属于对得正。所谓对得偏，其实就是要求词性能对得上就可以了，不用要求在同一个门类里面对仗。

举个例子，刘禹锡的“人世几回伤往事，山形依旧枕寒流”，人世对山形，人世是比较虚的概念，山形却是很实在的，能看见能摸着。而往事是一个比较虚的名词；寒流则是可以感受到的，这个名词比较实。像这种对仗，不仅宕开了，还有虚实的对应，非常好。如果是“山形”对“雨势”，这种对仗就太笨了。像你这么聪明的人，不能写这么“笨”的对仗，是吧？所以要经常提醒自己，对仗不妨偏一点。

也可以这样说，在写诗的时候，如果能把《声律启蒙》告诉你的对仗全部避免了，那么你就能写出比较好的对仗了。

在现在这个时代，学写诗究竟有什么用

邹： 大家还有什么问题吗？没有的话，我们现在聊一聊我刚刚教完的那个学诗班。在最后一节课的时候，我跟几位同学做了一个交流会，她们的家长也全部参与了，大家自由碰撞观点，聊得很好。其中有一个姑娘提的问题，我觉得非常有价值。她说：“邹老师，虽然我学会了写诗，但我有一个问题始终挥之不去，就是说在现在这样的时代里，写诗有什么用呢？我有喜怒哀乐了，发一条朋友圈配个图就可以了嘛，然后就可以去干其他的事情了，为什么我一定要写诗呢，学得那么辛苦，然而又很难写得过古人。”

大家注意，我说她这个问题问得很好，是因为我知道她是很喜欢诗的，读诗很多，学起诗来也很快。举个最简单的例子，我们学七律拗救的时候，很多人是有很多疑问的，要到写

了不少诗之后才豁然贯通，可是我跟她一讲，她就很快掌握了，跟我说："拗救的意思，是不是在'平平仄仄平平仄，仄仄平平仄仄平'里面，对句的第五字用了平声，就意味着你在出句的第五和第六字里面，多出了几个自由的选择？"

我就说："哎呀，你这个总结非常好，这可能是古人设立拗救规则的用意。"

对于她的那个问题，我告诉她说，写诗是没有用的。第一，写诗不能为人挣钱，甚至也不能够帮人追求到男朋友或者女朋友——想要追到心仪对象，七分靠颜值、三分靠才华，剩下的九十分要看机遇。第二，写诗能不能给你带来名誉？嗯，写得好的话可能是会有的，但这些名誉虚幻得可怜，往往是小圈子里自我膨胀或者是互相吹捧的结果，真相就是，出了这个圈子，再高的诗名也不会有多少人知道的。所以从功利角度上说，写诗是没有用的。

但是呢，写诗有一种无用之用。这种无用之用体现在什么地方呢？还是回到《论语》那句话："古之学者为己。"可以这样说，古典诗歌，是每一个人的"为己之学"，它完全是供我们抒发生命体验的文学体裁。当你独立天地之间有所恍惚的时候，当你感到内心有些东西不吐不快的时候，当你感到愤怒或者欣喜的时候，诗可以帮你说上几句不一样的话。

对抗时间

邹：写诗的另一个作用，用俗套点的表述是：对抗时间。

我大学毕业之后，一直在做跟文字相关的工作，写了很多文字，大家在网上搜一下我的名字就能看到我的文章。不少人说我的文章写得还行，其实我的诗比文章更好一些。在我写过的所有文体里面，诗是最能对抗时间的，隔了很多年之后去读，还是觉得有味道，值得制作成线装书或者是其他艺术品，因为它是我过去所有人生的最佳见证。我们的人生其实是做减法的，也不能复制。比如说，今天我们在这里过得很快乐，大家都觉得收获很多，如果明年此刻，我们同样的人在这里，即使聊同样的话题，也未必有今天这个感觉。写诗，能够让我们每个不能复制的人生，多了一份珍贵的记录。

认识异量之美

邹：三国时期有一个叫刘劭的人，写了一本叫《人物志》的书，里面有一句话让我印象特别深刻，他说人们往往能认同“同体之善”，但很少能够认知到“异量之美”。

我比较幸运，通过学习写诗，知道了不少异量之美。因为在学诗的过程中，我更加知道自己的渺小。比如说，王维的诗我是不喜欢的，李白的诗我也不太感兴趣，我喜欢杜甫。但我能够真切地知道王维、李白作品的好处在哪里，知道自己需要虚心地向他们学习。在给那几位高中同学开的写诗课程里，我就拿出四首王维的诗来，从每一首里挑出一句进行化用，最终形成一首新的五言绝句。到最后一节课，我跟同学们说，其实我不喜欢王维的诗，但不妨碍我认识到他的了不起，并且向他的作品取法。她们听了都觉得很意外。我这么做的用意是想告诉她们，个人的好恶其实是非常不重要的一件事，因为无论你喜不喜欢王维，他都是在中国诗歌史上有重大影响的诗人。面对这样的人，我们应该真正低下头来，认真寻味他的作品好在哪里，向他们取法。不仅是王维，对于其他名传后世的诗家同样也要这样看待。这个过程中，我就形成了一个比较大的胃口，读了大量不同风格的作品。

一个建议

邹：对大家写诗，我有一个建议，就是要多写，然后多做删减工作。我以前写过很多诗，现在都找不到了，因为写得不好，我就自己删掉了。但是勤快动手写作这个过程是需要的。如果你不去动手，就很难对诗有一个深入的认知，只能像很多人那样，谈起诗来洋洋洒洒的，但都是隔靴搔痒，净说一些外行话。所以请大家放开手脚去写诗，写完就发给同好看，请他们多提批评意见。别人提的意见未必是中听的，因为很多时候明明你觉得自己写得很好啊，但是人家觉得不行。这没关系，最怕就是你在初学阶段写一个东西出来，就觉得：哇，我写得真好啊！然后又不拿出来请懂行的人提建议，这样就很难有进步了。

至于作品能不能传世，那就更加不用去问了，因为想了也没有用。李白做梦也想不到，他写了那么多好诗，但在后世流传最广的，却是《静夜思》《赠汪伦》这种口水歌。所以作品传世这种事情，就跟你追求心仪对象一样，是一百分里面有九十分要看机遇的。

人不需要太自洽

邹：我最近和一些诗友做了一个分享会，谈苏轼。大家对苏轼的印象，往往是这是一个伟大的词人。我想根本原因是中学语文课本里面选了很多他的词。然后，关于他的标签，有“豪放”“旷达”。然而，在标签之下，人往往是很复杂、很丰富的。

我是读苏轼的专集的。很久之前，我就不怎么读选本了。陈沚斋先生跟我说，历史上的很多选本，往往是陈陈相因的。我非常认同这个说法，所以你读过几本好的选本之后，如果还想对诗有更深的理解，就不能再读选本了，应该直接去读诗人的专集。我在读苏轼诗集的时候就发现，他无论是三十多岁的时候，还是在老年的阶段，写的诗都有非常多的悲凉调子。也就是说，苏轼的伤感是很重的。

我当时就想，这是为什么呢？苏轼是宋朝诗名最高的人之一，在宋朝这样一个崇尚文教的朝代里，能有这样的诗名是非常了不起的。所以我当时隐约觉得，苏轼高于其他诗人的一个特质，可能就是他这种深重的伤感。

不过，这是否意味着好的诗就一定要很伤感呢？显然不能这么简单粗暴地断定。这让我想起了古人“诗主情性”这个观点，这是诗超越于思想之上的关键点。人们常说，写诗不应该太伤感，因为那样对身体不好，对精神状态也不好。这自然没错，然而当你心里面有这个认知时，它就是思想，不是情感了。“不以物喜，不以己悲”是一种很高的状态，但我们也要注意到，范仲淹说这句话的时候，前面已经有了“感极而悲者矣”和“其喜洋洋者矣”两种状态的更迭。

所以啊，人是不需要太自洽的。诚实地面对自己的身体感受，才是尊重我们生命的行为。

写诗不是一件多了不起的事情

邹：我们写诗，为的是记录我们的生命。如果要比，就只需要跟自己比就好了，不需要跟别人相比较，更不用跟别的事情比较。写古典诗歌，写论文，写小说，看球赛，打游戏……这些事情都可以是一个人做的，它们没有可比性。我们学了写诗，这自然是一件很好的事情，但同时也要记住，诗不是万物的尺度，写诗这件事并不意味着就比打游戏高级。人能弘道，非道弘人。如果我们借助诗这个东西来自高，那么我们很可能会摔得很惨——当然，在这句话里面，把“诗”换成其他东西，也是可以成立的。

结 语 篇

为诗无近名

《庄子》说："为善无近名。"套用一下这个句式，说一句与每位古典诗歌爱好者共勉的话："为诗无近名。"

方今之世，学写古典诗歌的青年是越来越多了，而奖劝青年学诗的方式也五花八门，最显见的一个例子就是诗赛纷见，令人目不暇给。

有这样的氛围，青年成名心切，期望得到认可，也是人之常情，可以理解。写诗这件事即使再清苦，但只要我们置身方内，要想做到完全不跟名声沾边是不可能的。我们既没有必要如此要求自己，更不能以此规限别人。

所以，"为诗无近名"的意思，并不是说要跟诗名这些东西完全绝缘，而是说我们可以不那么主动靠近它一些。

这是因为，名者实之宾，要想得到诗名，不仅需要修习辞章，更要有扎实的学问功底作为后盾。

人在弱冠之年，如果不修实学而骛诗名，是能力匹配不上欲望。在这种情况下，人依然可以获得诗名，譬如多发布作品、多游走各种圈子，又或者是在各种诗赛中获奖。

然而，这种名声有不少幸致成分，但当事者多不愿意承认，遂不自觉地膨胀起来，由此更加疏于进学。时光不断虚耗，三十岁后，鲜有足观者，当年从天而降的文名，反而成了灾难。这样的例子，在当今诗词界并不少见。

说白了，诗的传与不传，甚至是诗名的高低，都不是作者能左右的事情。我们可以做的是诚心写诗、正心论诗。至于自己得失如何，只能留待他人评价。

俞樾告诫他的后人："学古人诗，宜求其意义，勿猎其浮词，徒作门面语。"（《诗境浅说》序言）

就让我们三复斯言。

诗无定法

文法宜疏不宜密

是时候说这些话了。

诗文初无定法，写的人多了，渐渐就生出许多法来。例如在律诗写作方面，有"起承转合"，有炼意，有炼字；在古文写作方面，有关于如何立意、如何转笔的各种操作手册，令人眼花缭乱。

诗文有作法，这不是一件坏事，起码能够帮助初学者避走弯路。比如“万里悲秋常作客，百年多病独登台”这两句诗里面，“万里”与“百年”对仗，就暗含了这样一个不成文的方法：撰写对仗的时候，最好要错开门类，让意脉延展开去。

这种思路在具体写作上的表现就是：如非必要，尽量不要以时间对时间、地理对地理。

但是，如果判断作品的好坏，单看这些地方还不够，还得看作品具体是怎样表达的。

譬如杜甫诗句“岂有文章惊海内，漫劳车马驻江干”，“海”与“江”属同一门类，但是“海内”和“江干”在意思上差别很大，所以并不妨碍它们是好句。

另一方面，像“浮云”与“落日”这种对仗，尽管不是李白首创，但他的“浮云游子意，落日故人情”享有盛名，因此这一对仗不仅不能成为法式，后人更应尽量不用。然而在王安石的诗集里，却屡见这种对仗：“浮云带田野，落日抱汀洲”“浮云堆白玉，落日泻黄金”“浮云连海气，落日动湖光”……这些句子，就不免为“行货”（次货）了。

总的来说，诗文不能无法，但不可有定法。然而偏偏有不少人，把先贤的作品当作定法，例如逢“年”就必以“里”对仗，其实能够与“年”对仗的字还有许多。至于逢“百年”就一定以“万里”对仗的亦不在少数。对前人的作品舍神取貌，古人多有此举，例如在李白身后，不少文士提笔，不用上几个“君不见”就简直不能写诗了。这些都是可以避免的。

至于在作品分析方面，若是眼光过于细密，也不见得是一件好事。《史记》写战国四公子，信陵君在《魏公子列传》，其他三公子则在《孟尝君列传》《平原君虞卿列传》《春申君列传》。对于司马迁的这个做法，清人何焯的《义门读书记》说："于四君之中独书之曰'魏公子'者，以为国之存亡所系也。"（卷十四）

此说不见得符合情实：信陵君固然身系魏国存亡，但春申君何尝不是深切影响楚国命运？司马迁对四公子称呼的差异，只能说明他确实比较喜爱信陵君。何焯这个意见求之过深，反而不太立得住。

我们不得不承认，文学作品有其偶然性以及不可复制性。《史记》里有这样一个片段：贯高设伏谋杀刘邦，刘邦经过险地的时候突然"心动"，然后离去，得以免难。

刘邦为何会在危险降临的时候"心动"？司马迁不知道，恐怕刘邦也不知道。我相信世间的不少好文字是作者在写作过程中突然"心动"，忽然偏离原定思路而写出来的，就连作者本人都极可能说不清楚这种情况。

所以对于前人的文字，分析得太细密又或是据之以为写作成法，都是值得警惕的事。文法宜疏不宜密，毕竟每一个写作者，都需要"心动"的空间。

诗可以教，但归根结底，诗是不可以教的

诗律、体格以及一些应该避忌的地方，这是常识方面的内容，不但可以教，而且是必须教。

不可教的内容，就是"如何成为一位诗人"。

诗人并不是一种职业，而是一种人生态度。一个人一旦认为自己是个诗人，那么他可能得到许多世俗社会不那么友好的对待，尽管两者之间没有必然联系，但这已经是被历史多次证明了的现象。

李白、杜甫、李商隐、王安石、苏轼、黄庭坚、黄仲则、龚自珍……这些了不起的诗人，哪一个没有经历过蹭蹬人生？他们那些不好的遭遇，当然不是诗带来的，因为一个再普通的人，只要活在世上就一定会经历挫折。但是由于那些人写诗，对苦难的感受更加敏锐，这将导致他们的痛苦感觉会加重。

一个人是否愿意过这种人生，踏上诗路之后是否会有怨？这完全取决于自己希望成为一个什么样的人。在这些关键节点上，即便亲如父兄，也不能给出任何建议。这就是诗在骨子里不可以教的地方。

没有一位有成就的诗人，是由组织培养出来的

随着近年国学热潮兴起，各种诗词组织也跟着增多，诗社遍见各地。独学无友，容易孤陋寡闻，对于初学者来说，加入这些组织是不坏的。但与此同时我们也要知道，写诗不是体育比赛，诗词组织的成立也只是为了方便诗友交流。古人也结社，但他们的了不起之处，乃以独立存在的个体屹立于天地之间，其诗的可贵也在这里，而不在于他们来自哪一个组织。

这里并没有任何贬抑诗词组织的意思。我自己也做诗社，但正因为此，才更加深切地知道，一个人如果过于强化自己的组织属性，一定会减损自己的诗性。

另外，当我们回看历史的时候，亦应该尽量避免使用宏大叙事的视角。在宏大叙事里，一个个鲜活的诗人，成了各种流派里的一颗颗螺丝钉，这无疑是一件无聊且荒谬的事情。

写诗是“余事”，又不是“余事”

韩愈说：“多情怀酒伴，余事作诗人。”所谓余事，就是多余的、不重要的事。古代诗人，多是“兼职”。这不是说人们无法做专职的诗人，而是说我们不能把写诗这件事看得太重要。

每当写作的时候，我们应该想起《汉书·楚元王传》里说的这段话：

> 自孔子后，缀文之士众矣，唯孟轲、孙况（荀子）、董仲舒、司马迁、刘向、扬雄此数公者，皆博物洽闻，通达古今，其言有补于世。

有补于世的文字，更具留存世间的价值。一个人即便能够很妥善地安排己身，如果其言其行不能有裨益于人世，那么他充其量也只能是一个“自了汉”。

从古人的逻辑里，诗是做人的副产品。所以我们看到，即使认为“诗是吾家事”的杜甫，也一辈子栖栖遑遑，尽量寻求每一个机会去做一些有用于世的事情。如果缺失了这种人生追求，杜诗的价值恐怕会大打折扣。

大体来说，古代的一流诗人，会在有补于世这个方向上有所用心。即使是主动隐逸如陶渊明，也以自己的行为与作品告诉后人，在不可作为的时势里还可以有什么样的选择。这也是“有补于世”的一种表现。在各种有补于世的追求过程中，他们将自己的生命体认化为诗，既让自己的岁月有一个可堪回望的凭证，亦能感动他人。

能扣合上有补于世这一点，写诗就不是“余事”。一些青年学诗，喜欢模仿前贤的苦音，不知前贤为各自人生定下明里暗里的事业，苦音是不平之鸣，苦得货真价实。如果后学没有这种生命追求，却强学前贤诗里的悲音，往往会画虎不成反类犬。

结语

从实际情况来看，所有关于诗文的议论（包括那些反对成法的意见），在本质上都是法，因为它们都有指导创作的功用。譬如，古人有“不向如来行处行”一语，这个说法在鼓励人另辟蹊径的同时，其实也已经向人开示了一条旧辙。

尽管如此，我们仍然需要听取那些警惕成法的意见。尤其是当我们学习写诗多年、自觉已经上手之后，更应该经常倾听这种声音，因为它可以帮助我们避免出现“面有得色”这一情况。

世间最不耐看的面容，大概就是得意之色了。古来不少评论家谈诗论文的时候往往不无得色，就是自以为得法所致，其实他们当中的绝大部分人，诗文作品多不可传。

现在，谨以陈沚斋先生《诗注要义》（上海古籍出版社2017年版，第110页）一段精彩的诗人之言，作为本书正文结语：

各家各法，各诗各法，还有许多具体的技巧问题，古来议者纷呶不已。要知道，大多数诗法是后人总结出来的，好诗，绝不是依赖烦琐的诗法作出来的，诗人的天赋、才情、阅历等才是决定因素。《金刚经》云“无有定法”，又云：“如来所说法，皆不可取、不可说、非法、非非法。”法愈多而弊愈多，诗论家津津乐道的诗法反而成为真诗人的梦魇了。

附录一：古诗文中容易读错的字

古诗文规矩绵密，不可随意破格。然而不少字在古代就不止一个读音，一些字音到今天甚至还发生了平仄变化，这种情况是我们在写诗、读诗的过程中需要注意的。

我根据自己的读写经验，整理了一份古诗文中容易读错的字表。可能不算全面，但基本上涵括了古诗文中的高频字，兹作为附录以便读者朋友翻阅。

间

京口瓜洲一水间，钟山只隔数重山。（王安石）

“间”字两读：一音jiān，一音jiàn。此处读jiān。某教材把“京口瓜洲一水间”的“间”注音为jiàn，认为是“间隔”的意思。这是不懂诗的体现。

第一，王安石这首诗是律绝，且首句入韵，“间、山、还”三个字都在上平十五删韵，如果读jiàn，那么第一句就是三仄尾，留意古人诗集可发现，三仄尾的情况多出现在五言近体诗里，如王湾的五律“潮平两岸阔，风正一帆悬”，至于七言近体诗则很少三仄尾，苏轼的“三过门间老病死”是比较罕见的例子。

第二，无论是古体诗还是近体诗，都绝对不能平仄通押。如果读jiàn，那就是仄声，它与平声的“山、还”相押，不免有平仄通押之嫌。王安石究极声律，不会忽略这一声病。

第三，“一水间”是成词，非王安石独创，如“盈盈一水间，脉脉不得语”，此外还有杜甫的《涪江泛舟送韦班归京》：

追饯同舟日，伤春一水间。
飘零为客久，衰老羡君还。
花远重重树，云轻处处山。
天涯故人少，更益鬓毛斑。

此处“间”字是五律的韵脚，与“山、还、斑”押韵，只能是平声，读jiān。

看

日照香炉生紫烟，遥看瀑布挂前川。（李白）
却看妻子愁何在，漫卷诗书喜欲狂。（杜甫）
今夜鄜州月，闺中只独看。（杜甫）
蓬山此去无多路，青鸟殷勤为探看。（李商隐）

“看”字两读：一音kān，一音kàn。根据格律，以上的“看”字平声，读kān。

青墩溪畔龙钟客，独立东风看牡丹。（陈与义）

明朝日出春风动，更看晴天万里开。（陆游）

根据格律，以上“看”字仄声，读kàn。

思

城上高楼接大荒，海天愁思正茫茫。（柳宗元）

夜闻归雁生乡思，病入新年感物华。（欧阳修）

“思”字两读：作动词时音sī，作名词时音sì。以上“思”字为名词，读sì。

弦弦掩抑声声思，似诉平生不得志。低眉信手续续弹，说尽心中无限事。（白居易）

锦瑟无端五十弦，一弦一柱思华年。（李商隐）

永巷长年怨绮罗，离情终日思风波。（李商隐）

“思”字有“悲”的意思（据《康熙字典》），仄声，读sì。上引白居易《琵琶行》诗句中，“思、志、事”三个字押韵。

棋罢不知人换世，酒阑无奈客思家。（欧阳修）

“思家”，“思”为动词，平读，音sī。

吹

诗来清吹拂衣巾，句法词锋觉有神。（黄庭坚）

“吹”字两读：一音chuì，一音chuī。做名词时，如“歌吹、朔吹、清吹”等，仄声，读chuì。

夜阑卧听风吹雨，铁马冰河入梦来。（陆游）

“吹”字作动词时，平声，读chuī。

拥

竹风连野色，江沫拥春沙。（杜甫）

云横秦岭家何在，雪拥蓝关马不前。（韩愈）

“拥”，仄声，读yǒng。

听

莫听穿林打叶声，何妨吟啸且徐行。（苏轼）

“听”字两读：一音tīng，一音tìng。不分用法，视格律而定。按照词牌《定风波》格律，首句第二字必须仄声，因此这个“听”字须读tìng。

平生不蓄湘累问，唤出嫦娥诗与听。（龚自珍）

此处“听”字为七律的韵脚，平声，只能读tīng。

过

文章憎命达，魑魅喜人过。（杜甫）

“过”字两读：一音guō，一音guò。此处是律诗韵脚，只能读guō。

三过门间老病死，一弹指顷去来今。（苏轼）

这是一首七律的第二联，“过”字处须用仄声，读guò。

醒

钟鼓馔玉不足贵，但愿长醉不愿醒。（李白）

“醒”字两读：一音xīng，一音xǐng。此处“醒”字与“请君为我倾耳听”的“听”、“唯有饮者留其名”的“名”等平声字押韵，读xīng。

睡醒长嘘一欠伸，茫茫浲水望无津。（郑珍）

这是清人郑珍七律《岁暮有感》的首联，首句“醒”字处须是仄声，读xǐng。

凭

正是客心孤迥处，谁家红袖凭江楼。（杜牧）

“凭”字两读：一音píng，一音pìng。此处“凭”字仄声，读pìng。“凭”字仄读，一般后接一个具体事物，繁体字仍写作“凭”。

万里来游还望远，三年多难更凭危。（陈与义）

此处“凭”字是平声，读píng。

场

醉卧沙场君莫笑，古来征战几人回。（王翰）

“场”字古音平声，读cháng。

俱

尔曹身与名俱灭，不废江河万古流。（杜甫）

“俱”字古音平声，读jū。

教

但使龙城飞将在，不教胡马度阴山。（王昌龄）

风波不信菱枝弱，月露谁教桂叶香。（李商隐）

“教”字两读：一音jiāo，一音jiào。作“使，令”义时，平声，读jiāo。

二十四桥明月夜，玉人何处教吹箫。（杜牧）

此处“教”字仄声，读jiào。

令

徒令上将挥神笔，终见降王走传车。（李商隐）

“令”字两读：一音líng，一音lìng。作动词“使令”义时，平声，读líng。“走传车”的“传”字两读：一音chuán，一音zhuàn。此处仄声，读zhuàn。“车”字也两读：一音chē，在下平六麻韵；一音jū，在上平六鱼韵。李商隐《筹笔驿》押的是鱼韵，因此“车”字读jū。

存殁令名传，青青松柏田。（李颀）

“令”字作“美好”义或作名词“命令”义时，仄声，读lìng。

忘

存亡惯见浑无泪，乡井难忘尚有心。（苏轼）

王师北定中原日，家祭无忘告乃翁。（陆游）

“忘”字在诗词里一般作平声，读wáng。

望

红楼隔雨相望冷，珠箔飘灯独自归。（李商隐）

云海相望寄此身，那因远适更沾巾。（苏轼）

“望”字两读：一音wáng，一音wàng。作名词时是仄声，作动词时两音皆可。以上两个“望”字，所处位置须是平声，读wáng。

那

痴儿误喜朱颜在，一笑那知是酒红。（苏轼）

泥上偶然留指爪，鸿飞那复计东西。（苏轼）

早岁那知世事艰，中原北望气如山。（陆游）

“那”，古代兼具“哪”字的功能，平声，读nuó，不读nǎ。

阴阳舒惨刹那间，刺使天高见一斑。（刘过）

“刹那”的“那”，平声，读nuó，不读nà。

满眼青山未得过，镜中无那鬓丝何。（杜牧）

“无那”是成词，“无奈”的意思，此用法里的“那”，仄声，读nà。

分

谁分苍凉归棹后，万千哀乐集今朝。（龚自珍）

“分”，作“本分、料想”义时，仄声，读fèn。

海水有门分上下，江山无地限华夷。（陈恭尹）

“分”，作动词时，平声，读fēn。

论

何时一樽酒，重与细论文。（杜甫）

千载琵琶作胡语，分明怨恨曲中论。（杜甫）

“论”字两读：一音lún，一音lùn。作动词时平仄均可，唐人多用作平声。根据格律，以上两个“论”字均读lún。

高论已嗟能听少，力行还恨赋材微。（王安石）

“论”字作名词时，仄声，读lùn。

阿

玉桃偷得怜方朔，金屋修成贮阿娇。（李商隐）

“阿”字用作称谓时，如“阿娇、阿谁”等，入声，音同“屋”（据《康熙字典》）。

自说曲阿犹未稳，即寻溢水去犹疑。（王安石）

“阿”字作“山或水弯曲处”义时，如“曲阿、山阿”中的“阿”，平声，读ē。

中

万里伤心严谴日，百年垂死中兴时。（杜甫）

“中兴”的“中”，唐人多用作仄声，此处读zhòng。

邦命中兴汉，天心大讨曹。（陆游）

“中兴”的“中”，宋人亦读作平声，此处读zhōng。

醉月频中圣，迷花不事君。（李白）

“中圣、中圣人”，“酒醉”的隐语，此用法里的“中”字，唐人多作平声，读zhōng。

不

黄鹤断矶头，故人今在不？旧江山浑是新愁。（刘过）

表示疑问意思的“不”字，平声，在下平十一尤韵，读fóu。

几

化心养精魄，隐几窅天真。（李白）

凭几看鱼乐，回鞭急鸟栖。（杜甫）

簿书盈几案，要自有高情。（刘禹锡）

表示“矮桌子”意思的“几”（繁体字为“几”，与“幾”不是同一个字），仄声，读jǐ。

任

老病力难任，犹多镜雪侵。（顾况）

多病不任衣更薄，东风台上莫相吹。（白居易）

“任”字作“承受、禁受”义时，平声，读rén。

禁

劳生逆旅何休息，病眼看山力不禁。（黄庭坚）

身病不禁连夜雨，家贫只挂旧年灯。（陆游）

“禁”字作“忍受”义时，平声，读jīn。

芙蓉阙下会千官，紫禁朱樱出上阑。（王维）

“宫禁、紫禁城、禁令”的“禁”，仄声，读jìn。

胜

我欲乘风归去，又恐琼楼玉宇，高处不胜寒。（苏轼）

“胜”字作“承受”义时，如“不胜、难胜”，平声，读shēng。

胜败兵家事不期，包羞忍耻是男儿。（杜牧）

“胜利、胜败”的“胜”，仄声，读shèng。

治

已遣平治行药迳，兼教扫拂钓鱼船。（白居易）

平治险秽非无德，润泽焦枯是有才。（王安石）

后生如猬总能诗，骨弱瞳昏俗不治。（方回）

“治”字两读：一音chí，平声；一音zhì，仄声。以上平声，读chí。

先生蹈周孔，陋巷乐仁义。新命登谏垣，四方想平治。（范祖禹）

此“治”仄声，读zhì，同“义”字押韵。

茗

时唤行僧同煮茗，亦逢樵叟问迷途。（陆游）

“茗”，仄声，读mǐng。

暝

山暝听猿愁，沧江急夜流。（孟浩然）

“暝”，仄声，读mìng。

并

借问谁家子，幽并游侠儿。（曹植）

常恐此心无乐处，枉称年少在并州。（薛能）

“并州”“并门”的“并”，繁体字作“并”，不作“併”或“並”，平声，读bīng。

雍

秦孝公据崤函之固，拥雍州之地，君臣固守以窥周室。（贾谊）

新开潭洞疑仙境，远写丹青到雍州。（刘禹锡）

歌从雍门学，酒是蜀城烧。（李商隐）

“雍州、雍门”的“雍”，仄声，读yòng。

江城五马楚云边，不羡雍容画省年。（韩翃）

中山保塞两穷边，卧治雍容已百年。（苏轼）

“雍容”的“雍”，平声，读yōng。

浪

沧浪之水清兮，可以濯吾缨。（屈原）

独掩陈编吊兴废，窗前山雨夜浪浪。（苏轼）

“沧浪”以及形容词“浪浪”的“浪”字，平声，读láng。

储

朝廷衮职虽多预，天下军储不自供。（杜甫）

猿鸟犹疑畏简书，风云长为护储胥。（李商隐）

旰食忧民宴乐疏。太仓几有九年储。（陆游）

“储”字古音平声，读chú。

漫

故园东望路漫漫，双袖龙钟泪不干。（岑参）

“漫漫”的“漫”，古音平声，读mán。

疏

匡衡抗疏功名薄，刘向传经心事违。（杜甫）

名词“奏疏”的“疏”，仄声，读shù。

笼

烟笼寒水月笼沙，夜泊秦淮近酒家。（杜牧）

动词“笼罩”的“笼”，平声，读lóng。

跳

忧愁费晷景，日月如跳丸。（韩愈）

黑云翻墨未遮山，白雨跳珠乱入船。（苏轼）

“跳”字古音平声，读tiáo。

拚

须作一生拚，尽君今日欢。（牛峤）

“拚”，音pān，是“舍弃”的意思，字作“拚”，不作“拼”。也有的地方读作阳平。

纵

江山重复争供眼，风雨纵横乱入楼。（陆游）

名场阅历莽无涯，心史纵横自一家。（龚自珍）

“纵横”的“纵”，平声，读zōng。

河汉槎虽通远客，蓬莱风未纵归船。（曾巩）

“纵”作“纵使”“放纵”义，仄声，读zòng。

播

才兼文武播雄名，遗爱芳尘满洛城。（刘禹锡）

“播”在普通话里是阴平声，但在古音里是去声，读bò。此字在粤方言仍读去声。

疗

与疗文园消渴病，还招楚客独醒魂。（王令）

读书未疗一身困，弹剑同怀千岁忧。（王炎）

“疗”字古音liào，仄声。

烧

枉把六经灰火底，桥边犹有未烧书。（袁宏道）

“烧”用作动词时，平声，读shāo。

稍闻决决流冰谷，尽放青青没烧痕。（苏轼）

“烧”用作名词“野火”时，去声，读shào。

唯唯

唯唯，否否，不然。（司马迁）

冕旒高拱元元上，左右无非唯唯臣。（梅尧臣）

“唯唯诺诺”的“唯”，上声，读wěi。

便旋

出门便旋风吹面，走马联翩鹊啅人。（苏轼）

“便旋”，联绵词，读biàn xuàn。

附录二：邹金灿诗选

罗玉京以“蛊惑的箫”见赠因酬之

玉京赠我箫，其名蛊惑的。其口不容指，其孔如碎滴。十日无筒音，惭愧有箫癖。家已蓄三管，无如此费力。孤负故人意，尚须长面壁。怜箫何寂寥，人多以为笛。夜半响沉沉，声落湖海碧。恰似罗玉京，美质不显饰。渊冲复强毅，眸子无尘色。羊城相见后，夜雨何淅沥。从我学为诗，悚然我寡识。急搜便便腹，剩有几旧籍。游心洙泗间，忽忽忘日夕。振衣心暗惊，俱比臧谷迹。何敢与世违，久已耽役役。难道楚王贤，细腰尽见惜。玉京丈夫气，好恶弗敢匿。所行胜所言，示我古道直。并辔有斯人，乃可着谢屐。兴来奏平沙，何妨年相迫。

与友人论诗

忆昔不羁田家子，淹留番禺读陈编。
书空心战久作力，蒲轮绝交书频传。
把盏嗔时疾在肓，未识幽谷有孤妍。
头髡始知古谩欺，措大乃以为儒先。

迷途随阳雁急起，奔驰九州俄南旋。
海头寄食忘春秋，身日长大气益卷。
坐对后生劝问舍，海桑落花入中年。
揭来管城风渐软，不复怒潮拍月边。
剩有目力差可夸，倏尔览物知愚贤。
偶逢少作疑梦寐，又疑古人负厚愆。
堕地荣悴事或定，俯仰何日能息肩。
煌煌前文何所有，无数寂寥心相然。

夜 梦

朔野沉雷动树根。枝头乌鹊声声吞。日食江河衣带小，脊令煦沫入荒原。已而涷雨洗竟夕，道死凄凄众鸟喧。入望百昌冰复炭，山巅依然锁千门。门内团扇踥蹀起，具曰急务在戒言。秘殿运筹陈平计，旗逐秃鹫出戎藩。鸣雀收尽群山寂，归与酒卮报九阍。庙歌清明再百年，是处德溢羲与轩。如何苍生正此时，嘿尔幽居颂笞髡。梅福为说天下患，折直钳口最先论。谁谓迂阔堪一笑，弹指难招汉之魂。

感 怀

本是行人却故人。无端造化有精神。
少年看尽沧海事，一笑赊来双鬓春。
欲语初逢轻漏短，将之歧路更谁邻。
从今远梦劳相忆，月上江头花落身。

感事有寄蓉卿先生

金鼓声沉四十年。砉然惊破碧云天。
伤心本有朱虚在，隔世空教颜异怜。
人不诚忘书付火，灰毋见弃墨为先。
生涯添得匏樽未，且办无何饮自全。

丁酉生朝

三十二年行路难。寥然陟岵拍阑干。
一箫鸣得壶人慢，百盏肯教眉眼宽。
沧海有尘迷姓氏，青衫何事着儒冠。
不应秋色深如许，秋草蘧蘧为报寒。

羊城忆郑潮安时在北京

一自同为珠水萍。众中于我眼长青。
兴高南浦鸥渐近，酒忆北门云暂停。
世事分霜深客路，天风立海见晨星。
何时归与扁舟约，万顷秋声尽意听。

秋夜重过北亭凡鸟居

夜永携壶过此村。秋星寥落看灯昏。
尽情车马千声远，汲古光阴一笑温。
漫说人生逐征雁，如何客路寄乡魂。
欲招故旧当歌饮，却恐清欢半不存。

梦　远

旧曲南荒此复闻。前尘总不似浮云。
开颜于我无多事，一梦蓬莱一梦君。

予以颈患复发困卧半日始解起看暝色茫茫是有此记

流年风里电逃逋。尘面还凭鲁酒朱。
幸有江蛙不嫌客，殷勤为我问津途。

后　记

我学写古典诗歌不算早，在2006年动笔，其时读大学二年级，已经21岁了。

那时凭着一腔热情以及自身掌握粤语的优势，很快就把诗律关过了。头两年是自学，兴致来的时候，一天写几首七律都是常事。

很多事情，当时只道是寻常。年少的我并不知道，自己当时是踩着最合适学诗年龄段的尾巴进入了诗国里面。那段时间的我，只是朦胧地感觉到，在“平平仄仄”的方寸之间，好像有广阔的天地。

变化不期而至。2008年，通过诗友的引荐，我开始学诗于我景仰已久的诗词大家陈沚斋先生。

沚斋先生把我带进了一个前所未有的诗歌胜境当中。直到今日，我还清晰地记得第一次拜访先生的时候，先生跟我说过的这句话：“作诗要力避平庸。”此语一直回荡在我的胸中，不敢须臾有忘。

也就在2008年，另一个变化悄然发生在我的生命中：我教会了身边一些朋友写诗。这真是一件令我惊奇的事情。就这样，我以诗为纽带，连接了许多优秀的人。其后的日子里，同仁们齐心协力，在华南师范大学成立了召南诗社。

诗社的意义，从它成立的第一天起就越出了校园社团的范畴，带有古代书院的意味。在诗社日常教学中，需要一本关于格律入门的书，我找了市面上多个通行本，仔细比对了之后，都觉得不太合意，就干脆自己编写了一本格律讲义，帮助诗社的初学者掌握诗律。其后，我陆续增补了“义法篇”和“实践篇”的内容。书中的观点，除了自己在实践中的体悟，有得诸古人，有闻自师长，都尽量在叙述中注明出处。

无论是哪一部分的内容，都属于我生命中的重要组成部分。这并非敝帚自珍，而是因为这个世界并不缺见解，缺的是从实践中得来的甘苦之言。在拙著里面，我要求自己尽可能做到这一点：只讲自己亲身印证过的道理，不讲没有印证过的认知，哪怕它们听起来是何等高妙。

但与此同时，我内心深处又明白，这本书是微不足道的。因为我十分清楚，诗的妙处，虽在父兄，不可以移子弟。所以，本书绝非什么学诗指南，而只是一个写诗之人的体认。倘若读者因为拙著而更加亲近古典诗歌，那么我的心愿就达到了。限于学力，书中肯定还有不少疏漏之处，尚祈方家幸为顾误。

感谢在我学诗道路上给予指点与提携的陈沚斋先生和其他良师益友，同样感谢召南诗社的各位诗友，如果没有他们对我的信任与厚爱，就没有这本小书，其中罗杵增先生为本书提出了许多有用的建议，在此谨致谢忱。

祝愿每一位爱诗的人能因诗结下更多美好的缘分。

邹金灿

2019年春记于上海